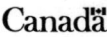 Éditions Prise de parole
205-109, rue Elm
Sudbury (Ontario)
Canada P3C 1T4
www.prisedeparole.ca

Nous remercions le gouvernement du Canada, le Conseil des arts du Canada, le Conseil des arts de l'Ontario et la Ville du Grand Sudbury de leur appui financier.

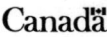 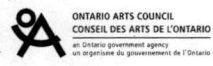

 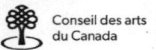

Raoul, tu me caches quelque chose

*Trente exemplaires de cet ouvrage
ont été numérotés et signés par l'autrice.*

CLAIRE MÉNARD-ROUSSY

Raoul, tu me caches quelque chose

Roman

Éditions Prise de parole
Sudbury 2019

Œuvre en première de couverture : Ron Langin, *River Valley n° 1*,
aquarelle et graphite sur papier, 2019
Conception de la première de couverture : Olivier Lasser

Édition : denise truax
Révision linguistique : denise truax
Infographie : Chloé Leduc-Bélanger
Correction d'épreuves : Gérald Beaulieu et Chloé Leduc-Bélanger

Tous droits de traduction, de reproduction
et d'adaptation réservés pour tous pays.
Imprimé au Canada.
Copyright © Ottawa, 2019

Diffusion au Canada : Dimedia

Nous remercions le quotidien *North Bay Nugget*, une division de Postmedia Network Inc., de nous avoir accordé la permission de reproduire les photographies de Wayne LeBelle qui accompagnaient son article sur Raoul Denonville paru dans l'édition du 1er avril 1971 à la page 21.

Catalogage avant publication de Bibliothèque et Archives Canada
Titre : Raoul, tu me caches quelque chose / Claire Ménard-Roussy.
Noms : Ménard-Roussy, Claire, 1946- auteur.
Identifiants : Canadiana (livre imprimé) 20190175311 | Canadiana (livre numérique) 20190175419 |
   ISBN 9782897441913 (couverture souple) |
ISBN 9782897441920 (PDF) | ISBN 9782897441937 (EPUB)
Classification : LCC PS8626.E535 R36 2019 | CDD C843/.6—dc23

*Les différences entre nous ne sont pas des tares
mais des richesses.
Dans la mesure où on peut les accueillir avec ouverture,
elles nous amènent plus loin.
Plus loin dans notre compréhension de la nature humaine.*
Jean Rochette, psychologue

*Ce récit est dédié particulièrement aux bonnes gens
de la région de River Valley,
en hommage à leur ouverture d'esprit
et leur générosité de cœur.*

*Il est également dédié à Laurent, qui m'a appuyée
sans réserve dans ce projet d'écriture.*

1. Terrain de la famille Giroux
2. Camp de chasse du père Bradley
3. Cabane de Raoul Denonville
4. Ligne de trappe de Raoul Denonville
5. Première cabane de Raoul et Wilfred
6. Ligne de trappe de la famille Giroux

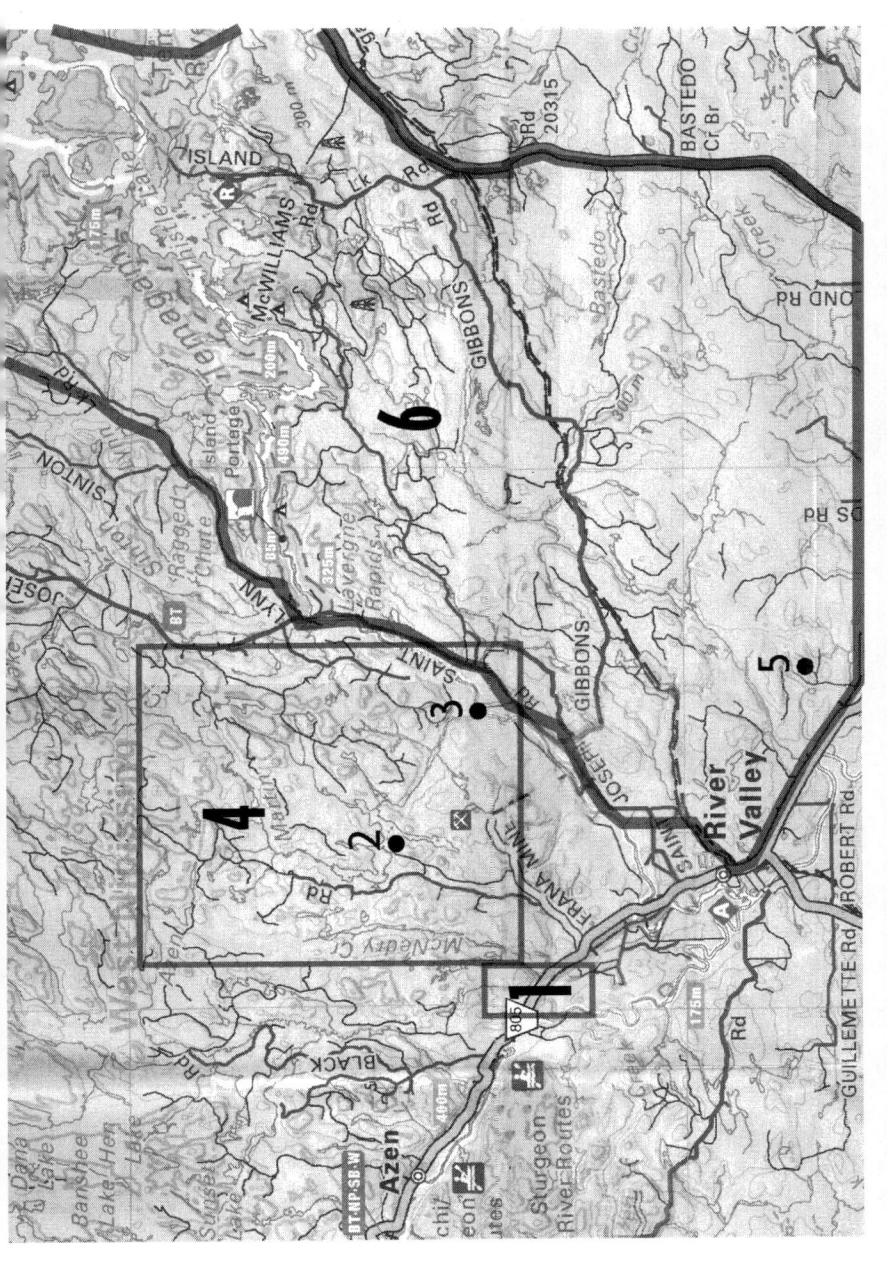

Première partie
1915-1920
Sous la menace de la conscription

1- Les déserteurs

— La guerre est finie Wilfred, as-tu entendu la bonne nouvelle? La guerre mondiale est finie! Xavier Cataford a appris ça hier en parlant avec un nommé St-Hilaire qui vient de Verner. C'est Xavier, lui-même, qui me l'a dit à matin. C'te maudite guerre de misère est enfin finie.

— C'est pas une petite nouvelle ça, Rémi. C'est une saprée bonne nouvelle, hein Raoul? On dirait que le soleil va se lever finalement.

Le jour où Wilfred s'était rendu au village avec Raoul et avait appris la fin des hostilités de la Première Guerre mondiale, il commença enfin à se sentir soulagé d'un énorme poids. Il restait toutefois prudent et commença à mesurer patiemment, en nombre de mois, le temps nécessaire avant de pouvoir retourner dans son coin de pays. Il en parlait avec Raoul dans la tranquillité de leur cabane. Il lui fallait prendre son mal en patience, attendre que les choses se tassent avant que la vie reprenne son cours normal. S'il rentrait trop tôt dans son village, il risquait d'être arrêté et traduit devant un tribunal militaire. Déserteur, il pourrait faire de la prison pendant plusieurs années. Mieux valait rester tranquille et attendre encore un peu. Il s'était réfugié comme trappeur dans le Moyen-Nord de l'Ontario, ce qui lui avait permis d'échapper au service militaire sans avoir à se trancher un doigt, comme l'avait fait Valois, son cousin germain. Ce dernier, par précaution peut-être, avait soudainement perdu le bout de l'index droit, apparemment dans un accident de travail sur la ferme de son oncle. C'était là l'histoire qu'on racontait, du moins.

D'autres, comme Wilfred, avaient préféré disparaître discrètement devant la menace grandissante de la conscription que souhaitait imposer le gouvernement conservateur de Robert Borden. Massivement, les Québécois, opposés à cette mesure de guerre, s'étaient objectés dès qu'elle avait été présentée en chambre, dès qu'ils avaient pressenti son adoption comme loi fédérale. Promulguée en août 1914, elle obligeait tous les jeunes hommes célibataires du Canada à s'enrôler, sous peine d'emprisonnement.

À cette époque, quand un jeune homme dans la

vingtaine s'arrangeait pour déguerpir, c'était plus souvent qu'autrement avec la bénédiction de sa famille qu'il préparait ses affaires. Tout le monde respirait mieux quand on le savait finalement en sécurité. On était bien moins inquiet de celui-là que des autres, ceux qui partaient dans leur uniforme de soldat combattre sous le drapeau britannique, éparpillés dans des unités anglophones. Pourquoi offrir leur chair aux canons ennemis dans les vieux pays, si loin d'ici, alors que toute cette histoire ne nous regardait même pas ?

Wilfred était parti de chez lui au printemps 1915, avant que la police militaire ne frappe aux portes de son village. Avec un compagnon, il s'était réfugié en forêt, un milieu qui lui était déjà familier car il s'y rendait en hiver avec ses grands frères pour trapper les animaux à fourrure. Raoul, son compagnon de fuite, était habile et à l'aise lui aussi dans la forêt. De plus, il semblait connaître des racines comestibles et des plantes médicinales, ce qui pourrait leur être très utile au long du trajet qu'ils entamaient à pied.

Chaque soir à la brunante, fatigués et démangés par les piqûres de moustiques, ils se fabriquaient un abri rudimentaire convenable à l'aide de quelques branches de conifère habilement placées pour les protéger du vent et de la pluie. Ils allumaient un petit feu tout juste suffisant pour leurs besoins, buvaient un thé après leur maigre repas et dormaient tranquilles jusqu'au petit matin. À l'aube ils reprenaient la route furtivement, toujours en direction nord-ouest, vers l'Ontario où personne ne les connaîtrait, où personne ne les rechercherait car leurs noms n'apparaîtraient pas sur les listes de cette province. Ils voyagèrent ainsi, lentement, pendant deux mois, le plus discrètement possible pour ne pas être repérés, tantôt à travers les bois, souvent en longeant les cours d'eau, tantôt par des petites routes et des sentiers avant d'atteindre enfin le Moyen-Nord de l'Ontario. Ce voyage clandestin dura de la mi-avril à la mi-juin.

2- Les trappeurs

Quand Wilfred Jean et Raoul Denonville débouchèrent dans un petit patelin situé à environ trente km au nord du lac Nipissing, ils se crurent assez loin de chez eux pour se sentir en sécurité. De Verner, ils avaient suivi le chemin tracé dans la forêt, quelque vingt ans plus tôt, par le père Charles Paradis. Le sentier partait des environs de Verner. Il était connu sous le nom de la « marsh » du père Paradis parce qu'il traversait un marécage avant d'arriver dans ce petit village installé dans la vallée de la rivière Sturgeon. À cet endroit, Xavier Cataford avait bâti, en 1896, une première maison. Au fil des années, la vallée de la rivière avait pris un nom anglais, River Valley, même si presque tout le monde ici parlait français. Wilfred et Raoul se retrouvaient pratiquement dans un petit village québécois, mais ils étaient clairement en Ontario et c'était parfait pour eux.

Après avoir passé quelques jours dans les parages, Wilfred et Raoul décidèrent de s'installer dans ce coin isolé. Ils se sentaient l'esprit tranquille ici, confiants qu'ils ne se feraient pas remarquer car le village grouillait de voyageurs venus d'un peu partout pour travailler à la mine d'or ou dans les chantiers. La grande région au nord du village recélait une richesse illimitée de minéraux et de bois. Tout le monde transitait par River Valley pour aller miner l'or à Emerald Lake ou se rendre dans les chantiers au nord de Grassy Lake.

Le premier train de marchandise était entré en gare à River Valley l'automne précédent. Il reliait North Bay à Capréol, à près de quarante milles vers l'ouest. Ce tronçon de la Canadian Northern Railway faisait partie de la voie ferrée transcanadienne qui traverserait bientôt le pays, reliant Halifax à Vancouver. Une petite église de mission venait d'être érigée sur la rue St-Joseph. Un magasin général – le magasin Giroux – desservait une clientèle de cultivateurs, prospecteurs, mineurs, trappeurs et bûcherons. Les besoins de cette clientèle étaient prévisibles et pas trop compliqués, et on trouvait de tout au magasin. Personne dans le village ne posait de questions aux gens de passage, et il en passait de toutes sortes, incluant des déserteurs.

En marge du village, dans les bois avoisinants, Wilfred s'aventura à grandes enjambées, suivi de son jeune compagnon Raoul. Celui-ci, pour le suivre, devait prendre deux pas au lieu d'un, mais se montrait vaillant et vigoureux. Ils longèrent un cours d'eau nommé McArty Creek et trouvèrent un endroit discret où ils pourraient se construire une cabane de trappeurs, en bois rond, bien rudimentaire. Il suffirait qu'elle soit assez grande pour les abriter tous les deux et qu'ils puissent y aménager une surface de travail pour nettoyer la fourrure des animaux piégés pendant l'hiver. Nul besoin de permis pour s'installer à cet endroit. C'est ce qu'on leur avait assuré au village, car on était ici en forêt dense, à perte de vue. Il y avait de la place pour tous ceux qui voulaient rester. Ainsi, dans ce coin rêvé, digne des coureurs de bois et des premiers pionniers, leur long périple venait de se terminer.

C'était, à tout point de vue, un endroit idéal pour le grand Jean et le petit Denonville. Si, à River Valley, on rencontrait beaucoup de personnages colorés, personne n'y prenait garde. Les gens étaient sympathiques, certes, mais chacun se mêlait de ses affaires. La vie était ardue et il fallait trimer dur du matin jusqu'au soir pour nourrir les familles nombreuses, souvent de dix enfants et plus. Ils défrichaient et cultivaient leur terre, élevaient quelques animaux de subsistance et se faisaient embaucher l'hiver dans les camps de bûcherons, parfois même dans les moulins à scie au printemps. Quelques-uns préféraient le trappage pour ajouter à leur revenu. Il leur restait peu de temps pour socialiser et encore moins pour s'ingérer dans les affaires des autres.

Le père Jean-Urgel Forget, curé d'Embrun dans l'est de l'Ontario depuis 1896, agissait comme agent colonisateur officiel dans le Moyen-Nord de la province. Il vendait de bonnes terres de culture à des francophones catholiques. Pour la somme très modique d'un dollar l'acre[1], les nouveaux venus devenaient propriétaires de grandes surfaces propres à l'agriculture et bénéficiaient de quatre ans pour régler leur facture. Le bon père Forget amenait régulièrement de vaillants colons d'Embrun et de Cornwall s'établir dans ce coin isolé. À leur arrivée au village, il leur prêtait une maison – la Maison-des-Petits-Anges – que la nouvelle famille pouvait habiter pendant un an ou plus, le temps de se construire une maison convenable sur son propre terrain. Dans cette maison, année après année,

---

[1] Acre. Mesure de superficie équivalant à 4 047 mètres carrés.

naissaient les petits anges du Bon Dieu, des petits Giroux, Dupras ou Ayotte, que le père Forget baptisait avec joie pour célébrer leur arrivée dans cette nouvelle mission francophone en sol d'Ontario

Wilfred et Raoul, pour leur part, s'installèrent loin de tous ces bons colons pionniers, à distance du village, dans une humble cabane de trappeurs qu'ils bâtirent eux-mêmes en bois rond, utilisant les matériaux disponibles sur place. Ils recueillirent les pierres des environs pour faire la base de la structure, abattirent les arbres nécessaires à la construction des murs, et récoltèrent sur le terrain la mousse abondante, avec laquelle ils bouchèrent les fentes entre les billots. Quelques clous et deux pentures suffirent pour compléter la structure et l'ameublement. Les seuls achats essentiels furent la lampe à l'huile et le petit poêle en fonte pour chauffer la cabane et se faire à manger.

Au village, il leur fut facile d'obtenir un permis pour piéger les animaux à fourrure. Dans un coin rocheux et boisé qui faisait partie des terres de la couronne, ils commencèrent donc à placer leurs collets et leurs pièges sur leur ligne de trappe. Ils parcouraient les bois chaque jour pour faire leurs installations et vider leurs pièges. L'emplacement de la cabane était idéal, assez proche pour qu'ils puissent se rendre soit sur la ligne de trappe soit au village pour faire des achats, tout en étant assez loin pour ne pas attirer l'attention. Les pièges qu'ils installaient rapportaient de belles prises. Les fourrures étaient d'excellente qualité, épaisses, douces et reluisantes. Wilfred et Raoul démontrèrent rapidement qu'ils étaient des trappeurs habiles, pas autant que Jos Dupras tout de même, mais ils se firent un bon nom parmi les trappeurs de la région.

Pour vendre les fourrures, il fallait se rendre deux fois par année aux grands encans tenus à Sudbury, auxquels se présentaient des acheteurs venus d'un peu partout, même de l'Europe. On y recherchait surtout les peaux de castors, qui commandaient le meilleur prix à l'époque. Le lynx, pourtant si beau et doux, ne valait pas cher en comparaison avec le castor, qui était recherché pour la fabrication du feutre. Les Européens étaient maîtres dans la préparation de ce feutre sans égal, résistant et imperméable, avec lequel ils confectionnaient des chapeaux de la plus belle qualité. Ils avaient tellement chassé le castor chez eux qu'il avait disparu de leur continent; ils venaient maintenant en acheter au Canada où les castors étaient abondants.

Wilfred se rendait aux grands encans à Sudbury avec d'autres trappeurs, parfois avec Jos Dupras, mais tout dépendait de qui pouvait lui faire une petite place dans son camion, avec ses boîtes de fourrure. Raoul restait à la cabane pendant que Wilfred se chargeait de vendre leurs fourrures au meilleur prix possible. C'est surtout avec Lafrance Furs que les trappeurs de River Valley faisaient affaire. Wilfred comprit rapidement que ce Lafrance, de North Bay, était le préféré des gars de River Valley parce qu'il offrait les meilleurs prix et que c'était agréable de faire affaire avec ce monsieur-là, surtout parce qu'il parlait français.

Les fourrures étaient toujours payées en argent comptant, le jour même de l'encan. Wilfred, que les gens nommaient maintenant le Grand Jean, revenait à la cabane avec suffisamment d'argent pour que lui et son ami Denonville puissent vivre sans souci. La vente des fourrures leur procurait assez d'argent pour tous leurs achats au magasin général et il en restait toujours assez pour en mettre de côté chaque année. Ils ne manquaient vraiment de rien. La nature leur fournissait, en saison, beaucoup de fruits sauvages, que ce soit des raisins, des cerises, des cenelles, des fraises, des framboises ou des bleuets. Au printemps, ils dégustaient de petites quenouilles vertes et des têtes de violon. Pour varier leur menu, après avoir mangé surtout du castor pendant l'hiver, ils pêchaient l'été du bon doré, du brochet ou du poisson blanc. Et le délicieux chevreuil à queue blanche était partout présent dans la région. Pour le chasser, il suffisait d'attendre qu'il s'aventure dans les éclaircies. Wilfred et Raoul trouvaient leur compte dans la nature, comme les premiers habitants de ce continent l'avaient toujours fait, depuis des millénaires.

C'est comme trappeurs surtout qu'on les connaissait à River Valley, mais ils travaillaient parfois dans les chantiers aussi, à partir du mois de mars quand le trappage était terminé, activité qui leur rapportait un revenu d'appoint. Une année, ils se sont rendus au chantier de Gordon avec Adélard Bastien et le jeune Doudou Ayotte. Wilfred avait bûché et ébranché des arbres pendant que Raoul travaillait dans la cuisine du camp.

De retour à leur cabane, ils restaient à l'écart, ne participant pas à la vie du village. Pourtant, ils étaient jeunes et auraient pu se faire des amis facilement, mais on les voyait seulement une ou deux fois par mois, quand ils sortaient du bois et se rendaient au cœur du village, au magasin général d'Albert J. Giroux, pour y acheter de la farine, du sel et d'autres articles essentiels. Chaque fois, Wilfred en profitait pour s'informer des progrès des Alliés en Europe.

Maudite guerre, comme on disait alors! Quand verra-t-on la fin de cette misère?

Au village, on parlait souvent de la police militaire qui faisait des rafles dans les camps de bûcherons, et des gars qui se cachaient aussitôt que la rumeur de leur présence dans les environs se répandait dans le camp. On savait que plusieurs camps d'internement étaient en opération dans le nord de l'Ontario et qu'on y entassait des Ukrainiens et d'autres ressortissants des pays d'Europe de l'Est, que l'on disait être des *enemy aliens* – des étrangers ennemis. On avait entendu dire que plusieurs milliers de personnes avaient ainsi été arrachées à leur vie normale par les Mesures de Guerre de Borden.

— On les appelle des *enemy aliens* Médéric, mais moé, j'crois pas ça, disait Rémi Ayotte. C'est du monde comme nous autres, avec des familles à élever. Du bon monde qui sont venus de l'aut' bord pour gagner leur vie. J'ai entendu dire qu'y en ont fusillé un qui essayait de s'évader. Son corps est resté gelé sur la neige pendant des heures avant qu'il soit ramassé. Une vraie misère humaine.

Tous ceux qui l'entendirent raconter cette histoire étaient bien d'accord avec lui et chacun ressentait cette misère humaine.

En sortant du magasin, Raoul avait pris

l'habitude de faire un petit détour, avant de quitter le village, par le bureau de poste où madame Roberts le saluait poliment et lui remettait du courrier de temps à autre. Plus souvent qu'autrement, il en ressortait bredouille, mais quand il s'en revenait du bureau de poste avec un peu de lecture, il était bien heureux. Il glissait son trésor avec soin dans la grande poche de son manteau. Il ne l'aurait jamais placé dans le grand sac à dos qu'il portait en tout temps et dans lequel il mettait ses fourrures lorsqu'il se déplaçait sur sa ligne de trappe. Il n'avait aucun scrupule à y placer des aliments achetés à l'épicerie, mais le courrier, c'était autre chose et ça méritait d'être traité avec respect, loin des odeurs et des matières grasses de la forêt et de la cuisine.

⋮

La discrétion des villageois de River Valley avait permis à Wilfred et Raoul de s'y installer sans rien révéler de leur provenance ni des raisons qui les avaient amenés à vivre ici, dans les bois. On n'en parlait tout simplement pas. Les gens du village se disaient, entre eux, qu'il s'agissait probablement de déserteurs – les chantiers en étaient pleins –, mais cela ne dérangeait personne, alors on ne les questionnait pas. La discrétion équivalait au respect. Ils étaient, après tout, deux jeunes gens sympathiques qui se tiraient d'affaire tout seuls, vivant tranquillement en marge du village. Ils ne demandaient rien d'autre qu'un peu d'espace et, de cela, il y en avait pour tout le monde dans cette région isolée. Ici, à River Valley, chacun pouvait vivre à sa façon et laisser les autres faire de même.

3- Le départ du grand Jean

Vers la fin de 1920, maintenant que la guerre n'était plus qu'un mauvais souvenir, un cauchemar enfin terminé et que suffisamment de temps s'était écoulé depuis la signature de l'Armistice pour que les journaux ne mentionnent plus les déserteurs appréhendés par la police militaire, Wilfred Jean décida que le temps était venu de repartir. Depuis son arrivée à River Valley en 1915, il s'était métamorphosé. Grâce au grand air de la forêt du Nord et à sa vie dure de trappeur et de bûcheron, il affichait maintenant un corps bien musclé, un teint basané et il se sentait dans la force de l'âge. De plus, il avait appris un peu d'anglais en parlant avec Charlie Langburn, qui s'occupait des chevaux destinés aux camps de bûcherons. Wilfred aimait aller les voir pendant que Raoul se rendait au bureau de poste. Il savait dire quelques mots d'anglais maintenant, assez pour se faire comprendre, ce qui n'était pas sans lui donner un sentiment de fierté.

Par un beau mercredi ensoleillé du mois de novembre 1920, le Grand Jean prépara ses effets personnels sous le regard attentif de son compagnon d'exil, Raoul Denonville. Raoul ne repartait pas avec lui et Wilfred le savait depuis longtemps. Raoul avait choisi de demeurer en permanence dans la région de River Valley, où il était maintenant installé à son goût et où il se trouvait bien. Il n'avait aucunement l'intention de retourner à sa vie antérieure, préférant celle-ci, faite à sa mesure.

Ce matin-là, Wilfred reprenait la route seul, laissant derrière lui ce qui avait été sa vie pendant cinq ans : la cabane qui l'avait abrité, la forêt qui l'avait si bien caché et nourri, la région qui l'avait adopté et, surtout, Raoul, son fidèle compagnon. Ils avaient traversé ensemble une période difficile, qui les avait marqués profondément tous les deux. Cinq années vécues ensemble dans les bois, à se tenir loin des regards indiscrets qui auraient pu les démasquer. Chacun allait dorénavant vivre sa vie à sa façon et c'était ainsi, sans plus.

Wilfred quitta le village heureux et fier, à la vue et au su des gens de River Valley, argent en poche, sourire aux lèvres, confiant en l'avenir. Il monta à bord du train passager à deux wagons de la Canadian Northern Railway en direction d'Halifax. Ce chapitre de sa vie lui avait permis d'échapper à l'enfer de la guerre et il emportait avec lui un secret inimaginable dont personne ne se douterait pendant plus de cinquante ans.

Deuxième partie
1970-1971
L'inconcevable

1- La rumeur

Au début de mars 1970, quelque chose d'inhabituel se produisit dans la petite ville de Sturgeon Falls, située à proximité du lac Nipissing. On aurait cru qu'un courant électrique passait dans la communauté. Certaines personnes, triées sur le volet, se partageaient à voix basse des renseignements bien gardés. S'agissait-il d'une fête surprise que l'on préparait? D'un événement bouleversant que l'on cachait? D'un crime au sujet duquel les policiers menaient une enquête? Le journaliste Wayne LeBelle, avec son flair habituel, porta éventuellement son attention sur l'hôpital St-Jean-de-Brébeuf, situé sur la rue Main, en plein centre de la municipalité. Le courant partait de là.

On aurait dit qu'une atmosphère secrète y régnait depuis quelques temps. Certains infirmiers et infirmières avec qui le journaliste prenait régulièrement un p'tit café semblaient sur leur garde ces derniers temps, évitant de parler du travail. Cela lui parut plutôt suspect et lui confirma que son instinct ne le trompait pas. Il se passait clairement quelque chose d'inhabituel à l'hôpital. Personne n'en parlait mais LeBelle le sentait bien et, journaliste aguerri qu'il était, il redoubla d'ardeur pour tenter d'en apprendre les fins détails. Il devait obtenir le scoop, peu importe la nouvelle. Il sentait bien que ce serait une grosse affaire.

Peut-être aurait-il le grand bonheur d'annoncer au monde entier la naissance de jumeaux identiques, comme les Dionne, en mai 1934. La naissance de ces cinq petites filles adorables dans une communauté non loin de Sturgeon Falls avait fait la renommée de la région pendant des années. Journaliste depuis quinze ans, il travaillait pour le quotidien *The North Bay Nugget* à partir du bureau de Sturgeon Falls. LeBelle n'avait pas encore eu l'occasion de tomber sur une grosse affaire car il était posté dans une petite ville bien tranquille, où la vie se déroulait doucement. Il n'allait pas manquer sa chance.

2- Dans le secret des dieux

LeBelle menait son enquête inlassablement, sans en avoir l'air. Il ne fallait tout de même pas apeurer ceux qui étaient dans le coup, mais qui gardaient jalousement le secret. Comme on appâte un hameçon avec un ver afin d'attraper un poisson, LeBelle partageait les petits potins de la semaine avec les gens qu'il rencontrait. Cela lui permettait de ramasser, à la petite cuiller, quelques renseignements ici et là pouvant le mener à résoudre l'énigme. À quel étage de l'hôpital les choses étaient-elles un peu perturbées? L'histoire concernait-elle un patient ou un membre du personnel? Chaque bribe recueillie lui servait ensuite d'entrée en matière avec la prochaine personne, puisqu'elle laissait entendre qu'il était au fait de l'histoire, donc, qu'on pouvait se sentir à l'aise d'en parler devant lui.

Le 3 avril 1970, LeBelle reçut un appel du

révérend père Bradley, curé de la paroisse de River Valley depuis près de trente ans. Le prêtre voulait le rencontrer le soir même, sans faute, à son presbytère, afin de discuter avec lui d'une affaire importante qui ne devait pas être ébruitée. LeBelle promit de ne parler à personne de la rencontre à laquelle il était convié et de se présenter à 19 heures, tel que convenu.

Ce que Wayne LeBelle apprit ce soir-là de la bouche du père Bradley lui parut étonnant au plus haut point. C'était tout à fait inconcevable. Quel scoop! Mais cela venait avec un grand MAIS très clair et très catégorique: il ne fallait absolument rien en révéler à qui que ce soit, pour l'instant. La nouvelle, LeBelle la ferait connaître dans les journaux le moment venu, MAIS pas avant. LeBelle avait dû promettre de garder le secret pour qu'il lui soit révélé. Le père Bradley avait approché sa chaise de celle de Wayne et l'avait regardé droit dans les yeux.

— Wayne, ce que je vais te dire doit rester ici entre nous. Personne ne doit en entendre parler, personne, tu m'entends, absolument personne. Ceux qui sont dans le secret ont tous juré de se taire, pour des motifs professionnels mais aussi par respect. Je dois te demander de jurer toi aussi, en tant que journaliste et bon catholique, que tu garderas le secret. À cette condition seulement, tu apprendras ce que j'ai à te révéler ce soir.

LeBelle accepta. Et, après avoir appris l'inconcevable, il dut jurer de nouveau que la nouvelle ne serait pas ébruitée jusqu'à ce qu'une année se soit écoulée. Aussi difficile que cela puisse être pour un journaliste de se taire, Wayne se prêta au jeu du père Bradley et jura, la main sur le crucifix, qu'il respecterait le pacte qu'il venait de faire.

3- La manchette du 1er avril 1971

Le 1er avril 1971, la nouvelle explosa dans le quotidien *The North Bay Nugget*. Quel coup de maître, surtout en cette journée du poisson d'avril. LeBelle avait eu un peu plus d'un an pour peaufiner son article et se préparer à répondre aux nombreuses questions qui allaient fuser de toutes parts. On en fit état à la radio et à la télévision, le jour même.

RIVER VALLEY RESIDENT DIED
WITH HIS SECRET

Par Wayne LeBelle, journaliste du *North Bay Nugget*, bureau de Sturgeon Falls. L'article fut publié en anglais seulement, en voici une traduction libre :

UN RÉSIDENT DE RIVER VALLEY
EST MORT AVEC SON SECRET

Un mystère est enterré ici, dans une fosse sans marqueur du cimetière catholique de Ste-Rose-de-Lima, à River Valley.

Qui était Raoul Denonville? Était-il très riche?

Où cachait-il son argent? Sur sa personne? Dans les bois?

D'où venait-il?

Denonville était un célibataire tranquille, aux petites lunettes rondes, qui ne buvait pas, qui ne se rendait jamais à l'hôtel avec les autres hommes. C'était un solitaire.

Pourquoi Raoul Denonville a-t-il vécu en se faisant passer... pour un homme?

Raoul Denonville était une femme.

Il n'y a aucun doute à ce sujet. Son secret a été révélé lors de son admission à l'hôpital, vers la fin de sa vie, en mars 1970.

Raoul Denonville était une femme et les preuves se trouvent dans son dossier médical à l'hôpital St-Jean-de-Brébeuf de Sturgeon Falls. Pourtant, son sexe a été inscrit comme « mâle » lors de son admission à l'hôpital, et c'est également ce qui est indiqué sur son certificat de décès à l'hôpital et dans les registres du salon funéraire local.

Raoul Denonville a vécu sa vie comme un homme.

Il est arrivé à River Valley vers les 1914, accompagné d'un nommé Wilfred Jean. Les résidents de River Valley les ont pris pour des jeunes déserteurs venus de la province de Québec. Ils se sont installés dans une cabane de trappeur, dans le bois. Wilfred Jean est reparti… seul.

Monsieur Denonville a passé sa vie à trapper et à travailler dans des moulins à scie et des camps de bûcherons. Les hommes qui ont travaillé avec lui se souviennent qu'il travaillait aussi dur et aussi fort que les autres. Il s'habillait comme un homme, travaillait, marchait et agissait toujours comme un homme. Pendant plus de cinquante ans, il a pu déjouer tout le monde.

Il ne parlait que français et savait lire. Il ne parlait pas comme un homme éduqué même si on croyait qu'il l'était. Il préférait se tenir loin des médecins et des médicaments, disant qu'il n'avait pas confiance.

Se tenait-il loin des médecins et des hôpitaux pour protéger son secret?

SECRET COMPLET

Personne n'a parlé, même un an après sa mort, tout le monde refuse de dire quoi que ce soit. Son secret est bien gardé.

Dans les dernières années de sa vie, il s'est installé au

village dans un petit logis. Après sa mort, sa cabane de trappeur et son logis au village ont été fouillés. On aurait trouvé quelques vêtements de femme. Sur un coffre, on aurait pu lire les initiales A. H.

On ignore tout de sa famille. Il ne laisse aucune trace. Même dans le cimetière, on ignore l'endroit précis où il a été enterré.

L'article était accompagné de quelques photos : de Raoul Denonville, de son sac à dos, de quelques vêtements accrochés au mur sur des clous, de son calendrier mural, de sa cabane de trappeur, et de sa casquette noire.

4- Une histoire invraisemblable

LeBelle avait raison d'être fier en ce grand jour. Il avait réussi à tenir le coup pendant toute une année, à se retenir de parler, ce qui est tout à fait contre nature pour un journaliste. Le titre était accrocheur à souhait, l'article invitait à l'étonnement et laissait les lecteurs bouche bée.

Les personnes qui avaient connu Raoul Denonville, surtout les hommes, n'en croyaient pas leurs yeux. La nouvelle se répandit comme une traînée de poudre à River Valley, à Field et partout ailleurs où les gens avaient côtoyé ce Denonville bien ordinaire, qui avait vécu parmi eux pendant cinquante-six ans sans attirer l'attention. Maintenant que l'on apprenait l'inimaginable à son sujet, on se grattait la tête pour ranimer ses souvenirs de lui, de ce Raoul qui n'en était pas un, et comprendre comment il avait pu, ou plutôt comment elle avait pu, les déjouer tous pendant tant d'années. Une histoire invraisemblable, complètement incompréhensible, qui allait alimenter bien des conversations et susciter des questions auxquelles l'article ne répondait pas.

Pour les résidents de River Valley, la nouvelle imprimée dans le journal en ce jour du poisson d'avril confirmait des rumeurs qui avaient circulé dans le village pendant l'hospitalisation de Raoul Denonville. Léo Boisvenue, ancien voisin de Raoul, s'était rendu à l'hôpital de Sturgeon Falls en mars 1970 et avait voulu en profiter pour rendre visite à Raoul. Une fois sur les lieux, comme il le raconta ensuite à quelques personnes dans le village, il avait entendu dire qu'il se passait des choses très étranges et, cherchant à comprendre ce qu'on lui disait, il était entré dans la chambre 113 même si une pancarte sur la porte fermée indiquait clairement qu'aucun visiteur ne devait entrer.

— Doudou, j'ai levé la couverte. J'en r'venais pas quand j'ai vu ça. C'était pas un homme pantoute. Une femme, j't'l'dis. C'était une femme, y a pas deux façons de l'dire.

— Ah bin, ça parle au yâble!

Alors que quelques-uns avaient cru aux propos de Boisvenue, d'autres y voyaient un manque de respect envers Raoul, presque une médisance. Raoul était un des leurs, après tout, et on s'était toujours adressé à lui en disant bonjour monsieur Denonville, même si parfois, dans son dos, certains l'appelaient «la p'tite vieille Denonville». Mais aujourd'hui, en première page du journal, on apprenait que Boisvenue avait bien dit la vérité.

Troisième partie
1920-1963
Un homme parmi les autres

1- Monsieur Denonville

Après le départ de son compagnon, Raoul ne changea rien à ses habitudes. Il travaillait maintenant en solitaire sur sa ligne de trappe et on ne le voyait au village que de temps en temps, quand il avait à faire au magasin.

— Bonjour, monsieur Denonville. Fait beau aujourd'hui.

— Bonjour madame, répondait-il tranquillement d'une voix basse, presque voilée, avec un petit salut de la tête et un demi-sourire avant de se diriger vers la droite, dans la rangée où se trouvait la farine.

Sa petite taille le distinguait peut-être des autres trappeurs qui venaient se ravitailler au magasin, mais certainement pas ses vêtements. Il s'habillait exactement comme tous les trappeurs de la région. Il portait une chemise à carreaux rouge et noir, comme celle des bûcherons et de presque tous les hommes de la place. Ensuite, un gros pantalon de toile, un peu serré dans le bas de la jambe et plus bouffant du haut. Par-dessus sa chemise carreautée, Raoul revêtait en tout temps une grosse veste sans manches. L'hiver, il ajoutait un gros manteau. Mais c'est son sac à dos qui montrait le plus clairement qu'il était trappeur. On ne le voyait jamais sans ce gros sac kaki, qui semblait très lourd à porter et qui lui descendait bas sur le dos, presque en bas des fesses. Il mettait tout là-dedans. Les achats qu'il faisait au magasin s'y empilaient pêle-mêle et tout son attirail de trappeur devait y être aussi. Raoul transportait toujours son sac, du village jusqu'à sa cabane et de sa cabane jusqu'au village. On le voyait passer, dos courbé, ployant sous le poids du sac mais marchant toujours d'un bon pas, regardant droit devant lui sous la visière de sa petite casquette.

River Valley se développait à un bon rythme dans les années 1920. Un deuxième magasin général venait d'ouvrir ses portes. Le propriétaire, Norbert Roy, avait même installé une salle de danse au deuxième étage. John Léger avait ouvert une petite épicerie le long de la voie ferrée et Alfred Gignac tenait magasin lui aussi. Raoul ne changeait pas ses habitudes, cependant, et préférait acheter chez Giroux où il trouvait sans problème ce qu'il était venu chercher.

Tous les magasins faisaient de bonnes affaires, malgré une compétition assez forte, car les clients étaient nombreux et l'achalandage, garanti. Le train mixte – transportant marchandises et personnes – autant que le train de voyageurs amenaient toujours de nouveaux clients à la station de River Valley. Les chantiers au nord du village avaient toujours été de gros employeurs et continuaient d'attirer des travailleurs.

La découverte de pépites d'or sur les bords du lac Emerald, à trente-cinq kilomètres au nord de River Valley, remontait à l'année 1897. Depuis ce temps, les prospecteurs avaient envahi la région. La maison de pension de Joseph Thériault affichait toujours complet. Les prospecteurs, qu'ils soient amateurs ou autres, venaient jalonner des claims et couraient les enregistrer à Sudbury avant que quelqu'un d'autre ne le fasse. C'était la même chose ailleurs aussi, comme au nord du lac Temagami. Le réputé père Paradis, missionnaire colonisateur qu'on connaissait bien à River Valley, avait lui-même fait de la prospection et enregistré des claims sur la rivière Night Hawk. Et il avait connu du succès en découvrant un gisement, ce qui l'avait amené à établir sa propre compagnie minière afin de l'exploiter.

À River Valley, la compagnie Golden Rose Mines Ltd. avait été fondée en 1909 par un petit groupe d'investisseurs de la région. Albert J. Giroux, propriétaire du magasin général, était du nombre. La Golden Rose voulait miner à l'endroit précis où les premières pépites d'or avaient été trouvées, au lac Emerald. En 1915, les travaux préliminaires de creusage de tranchées étaient bien en marche sur le site. Dix ans plus tard, le forage avait atteint cent pieds de profondeur et trente hommes travaillaient à préparer les couloirs souterrains de la future mine.

— Pensez-vous, monsieur Giroux, que vous allez produire de l'or dans votre mine dans l'année qui vient ?

— Avant que la mine commence à produire, ça va prendre bien des années encore, madame Goulard. C'est rien que normal. C'est pas aussi simple que d'aller dans le bois couper des arbres.

— Ah ben, et moi qui espérais que mon garçon irait travailler pour vous bientôt. J'pense qu'y va être obligé de continuer encore pour bin des années à hiverner dans les chantiers au Grassy. C'est un bon gagne quand même. Ça nous aide bin gros.

Dans les chantiers de bûcherons autour de Grassy Lake, la compagnie George Gordon de Cache Bay employait des centaines d'hommes. Un de ces camps, Moose Farm, comptait à lui seul jusqu'à cinq cents bûcherons. C'est là que Raoul avait travaillé avec Wilfred à partir de 1917. Mais plusieurs autres compagnies embauchaient aussi, alors c'était facile de se trouver du travail à bûcher, ébrancher, empiler, porter l'eau, cuisiner et tout le reste.

Les chantiers, c'était en somme de gros villages. La majorité des bûcherons y montaient au mois de novembre et y passaient tout l'hiver, avec seulement une petite visite à la maison dans le temps des Fêtes. Dans les années 1920, environ deux mille hommes travaillaient à couper le bois dans les chantiers au nord de River Valley, soit pour la compagnie Gordon, la Field Lumber, Smith ou Greenwood. Les hommes bûchaient tout l'hiver, dravaient au printemps afin d'amener les billots vers les moulins à scie qui se trouvaient plus au sud. La drave sur la rivière Sturgeon suivait un ordre établi : les billots destinés au moulin de Smith à Callander passaient en premier, ceux de Gordon à Cache Bay venaient en deuxième, Field Lumber passait en troisième et, finalement, les billots de Ben Greenwood descendaient la rivière pour arriver à Chudleigh. Les moulins à scie fournissaient des emplois du printemps jusqu'à l'automne.

Quand Raoul allait dans les camps, il travaillait parfois dans les cuisines comme marmiton. On les appelaient *cookee* car ils aidaient les cuisiniers – les *cooks* –, selon le terme anglais. Mais Raoul était tout aussi capable de suivre les hommes qui travaillaient dehors. Même s'il était assez court et léger en comparaison avec la majorité d'entre eux, il était large d'épaules et aussi vaillant que les autres. Raoul maniait la hache sans problème, que ce soit pour entailler les arbres ou les ébrancher. Sur le godendard, il tirait aussi fort de son côté que son partenaire le faisait de l'autre. Raoul était à sa place parmi les gars de chantier et il gagnait son salaire, comme tout le monde.

La vie de chantier était bien organisée. Les chevaux étaient soignés et logés dans des écuries. Les hommes, eux, couchaient dans des dortoirs, de grandes bâtisses en bois d'une pièce, le *bunkhouse*. De chaque côté d'un couloir central se dressaient les couchettes à deux étages. Les *bunkhouses* pouvaient loger jusqu'à quatre-vingts gars. Raoul choisissait toujours une couchette du haut et il s'installait dans cet espace privé avec tout son attirail, pour y dormir en paix dans ses combines, comme les autres. Cet arrangement lui convenait tout à fait. Les bécosses se trouvaient à l'extérieur et il y avait des *washrooms* privés pour se laver.

Les repas se prenaient dans une autre grande

bâtisse qui abritait la salle à manger et la cuisine. On mangeait en silence, c'était pareil dans tous les camps de bûcherons. Ça sentait toujours bon dans la salle à manger, contrairement aux dortoirs où ce n'était pas toujours le cas. Les plats mijotaient nuit et jour dans les cuisines et ça parfumait l'espace où les hommes venaient manger. Le gros poêle à bois faisait circuler l'air et ça ouvrait l'appétit. Du bon lard, des bines, des navets, des patates et même des tartes figuraient régulièrement au menu, et les portions n'étaient jamais limitées. Certains chantiers embauchaient des cuisiniers très réputés et les gars étaient toujours bien nourris. C'était la tâche des marmitons de placer la nourriture directement sur les tables, dans de grands plats. Cela permettait aux hommes de se servir eux-mêmes dès qu'ils arrivaient pour manger. Tout était déjà là sur la table, incluant le bon thé chaud.

⋮

En juin 1926, on apprit la mort du père Charles Paradis, personnage légendaire dans la région. Raoul s'adonnait à être chez Giroux, du côté de la quincaillerie en train de se choisir de la broche, quand il entendit Arcelia Dupras en parler avec madame Déliza Giroux.

— Avez-vous su, madame Giroux, que le bon père Paradis est mort au mois de mai? J'viens de l'apprendre pis ça me fait bin d'la peine parce que j'l'ai bin connu.

— J'avais pas entendu la nouvelle, Arcelia. Mais j'me souviens qu'y s'arrêtait chez vous quand y arrivait de Domrémy en raquettes.

— Oui, quand j'étais p'tite y venait coucher chez nous avant de continuer son chemin vers la baie Jeanne. Y s'en allait à sa mission à la Baie-du-Sacré-Cœur. Après souper, y chantait la messe pis après ça, y se mettait à raconter. J'lâchais pas d'le regarder avec sa grande barbe blanche, pis ses yeux perçants. Y parlait avec des grands mots de prêtre, c'est sûr, mais quand y se mettait à parler de la beauté des îles dans l'lac Temagami, c'était comme s'y faisait une belle peinture pour nous en parler.

— C'était un artiste, c'est bin connu.

— Ah oui, c'est certain, y faisait des beaux dessins pis des aquarelles aussi. Mais sa grande œuvre, c'était son projet de colonisation. Y rêvait de ramener assez de familles canadiennes des États pour partir une nouvelle province française dans le nord de l'Ontario. C'est pour ça qu'y avait commencé la paroisse de Domrémy, à côté de Verner.

— Bin oui, c'est lui qui a été le premier

missionnaire colonisateur dans la région, Arcelia. C'était avant le père Forget, ça. C'est lui qu'y a ouvert River Valley.

— Justement, vous avez raison, ma'me Giroux. Y a été le premier. Mais y avait des affaires qui le dérangeaient aussi. Y disait que les castors étaient trop piégés pis la forêt trop coupée parce que c'était dans les mains des grandes compagnies. Y voulait que ça swèye les colons qui s'en servent pour leu' prop' besoins. Y était bon pour ses colons.

— Oui, c'est vrai ça. Mais y avait de l'opposition à ses projets, aussi, et pis y a connu des grosses pertes à Domrémy quand le moulin à farine pis le moulin à scie ont brûlé. Pis y a jamais réussi à bâtir son chemin de fer à vapeur non plus, même si y avait déjà ouvert le terrain jusqu'à baie Jeanne avec sa *marsh* du père Paradis.

— C'était pas un prêtre comme les aut', celui-là, y avait une vision pour l'avenir. Dans ses dernières années, on le voyait pus par icitte. Y restait dans sa mission pis y écrivait encore des lettres. Mais, j'sais pas si les journaux les publiaient encore. En tout cas, y est mort à soixante-dix-huit ans. Je l'oublierai jamais, c'était un grand homme.

— Oui, un grand homme… Excuse-moi Arcelia… Bonjour, monsieur Denonville, excusez-moi de vous avoir fait attendre un peu, mais Arcelia m'apportait des nouvelles… Alors, avez-vous trouvé tout ce qu'y vous faut?

⋮

Sur sa ligne de trappe, loin de tout le monde et loin des potins du village, Raoul appréciait le calme et vaquait à ses nombreuses occupations de trappeur. Il se sentait chez lui et en paix dans cette forêt qu'il connaissait de mieux en mieux chaque année. Son terrain, rocheux et pleins d'obstacles, n'était pas facile à parcourir, mais il commençait à en apprécier les repères. Avec sa hache, il se taillait de nouveaux sentiers qui l'amenaient toujours un peu plus loin. Il se construisait de petits abris de fortune dans lesquels il passait la nuit quand il se rendait jusqu'au bout de son terrain. Il se tirait bien d'affaire tout seul. Son temps était consacré à s'occuper de ses pièges, à récupérer ses prises et à ramener les fourrures à sa cabane pour les préparer avec soin afin de les vendre au meilleur prix possible.

Raoul était loin des soucis des jeunes familles du village. Mais quand il se rendait au magasin, il ne pouvait pas faire autrement que d'entendre les gens parler entre eux. Il écoutait sans trop en avoir l'air et jamais il ne se mêlait aux échanges. Les gens parlaient beaucoup du Règlement 17, règlement promulgué en 1912 et qui avait interdit l'usage du français dans les écoles de la province. L'anglais était devenu l'unique langue autorisée pour l'enseignement et pour toute autre communication. Xavier Cataford en parlait souvent avec ses voisins, les Legault et les Gignac.

— Moé, j'pense que c'est l'évêque Fallon qui est en arrière de tout ça. J'me fie pas à lui, pas une miette. Y est pas d'not' bord.

— C'est bin possible, Xavier, parce que ça fait longtemps qui cherche à r'mettre les Canadiens français de la province à leu' place. Selon lui pis ses apôtres irlandais, notre place, ça s'rait ailleurs qu'en Ontario, tu peux êt' sûr.

Quand le Règlement 17 avait été imposé par le gouvernement conservateur de James Whitney en 1912, l'Ontario devenait la sixième province du Canada à émettre un décret semblable. La Nouvelle-Écosse (1864), l'Île-du-Prince-Édouard (1873), le Manitoba (1890), l'Alberta (1909) et la Saskatchewan (1909) en avaient fait autant. Les gens de River Valley étaient déterminés à ne pas se soumettre au règlement, pas plus que ceux des autres municipalités à forte majorité francophone. L'Association canadienne-française d'éducation de l'Ontario s'y opposait ouvertement. Le gouvernement menaçait de sanctionner les familles récalcitrantes et de licencier les enseignants réfractaires, mais on ne pliait pas l'échine devant les menaces. Dans plusieurs régions, l'enseignement se faisait en cachette, dans les maisons privées. Pendant ce temps, les contribuables devaient continuer de payer des taxes scolaires à la province même si leurs enfants ne pouvaient plus en bénéficier. Quelle injustice!

Le journal *Le Devoir* de Montréal, fondé et dirigé par Henri Bourassa depuis 1910, appuyait vivement la lutte des francophones de l'Ontario. D'autres journaux en firent autant et le gouvernement provincial du Québec ne resta pas muet sur la question non plus. Finalement, en 1927, le premier ministre de l'Ontario, Howard Ferguson, suspendit l'application du Règlement 17. Il venait de recevoir le rapport de la commission d'étude Merchant, Scott et Côté, qui recommandait fortement l'usage de la langue maternelle dans les premières années d'instruction, pour contrer les problèmes d'apprentissage qu'on voyait maintenant chez les Franco-Ontariens scolarisés en anglais.

⋮

De sa ligne de trappe, Raoul apercevait parfois Angélina, épouse de Joseph Giroux, qui venait relever des pièges. Elle avait déjà plusieurs enfants et s'occupait sûrement des travaux de la maison et de la terre mais, en plus de cela, elle trappait le rat musqué aux confins de sa terre. C'était beau de la voir faire. Occasionnellement, Raoul la regardait installer ses pièges ou dégager ses prises quand il s'adonnait à longer le secteur sud-ouest de son terrain de trappe. Elle était amicale et ils échangeaient quelques mots de salutations. Elle aimait jaser avec Raoul mais jamais pour longtemps. Raoul savait qu'elle avait grandi à Otter Lake, au Québec, et qu'elle avait appris à trapper avec sa famille métisse. Pas grand-chose de plus.

Angélina Giroux trappait parfois avec quelques-uns de ses enfants. Avec le temps et au fil des années, Raoul finit par reconnaître ceux qui accompagnaient le plus souvent leur mère. C'était surtout Philippe et Francis, qu'il avait connus alors que les deux petits gars avaient environ une dizaine d'années ; ils étaient enjoués et inséparables. Leur mère avait une patience d'or. Pierre venait souvent lui aussi, pour apprendre à trapper avec sa mère. Les enfants saluaient Raoul de la main quand ils l'apercevaient au loin, sa petite casquette noire bien enfoncée sur la tête. Raoul leur envoyait la main en retour, accompagné d'un petit coup de tête poli. Ça le faisait sourire de voir les petits trapper comme des grands.

2- La Grande Dépression

Raoul avait trente-sept ans l'année que le Grand Krach se produisit à la bourse de New York. Des fortunes ont fondu en un jour, le 24 octobre 1929, et ce qui restait d'actions en bourse a continué à perdre de la valeur dans les jours qui ont suivi. Des familles entières ont été ruinées. Les journaux rapportèrent nombre de suicides, surtout de millionnaires qui venaient de tout perdre. Ce que l'on ne savait pas encore, c'était que le pire restait à venir. L'économie canadienne, tout comme l'économie mondiale, serait ébranlée par des bouleversements majeurs qui dureraient une dizaine d'années. La Grande Dépression affecterait un grand nombre de travailleurs, et des familles se retrouveraient démunies du jour au lendemain.

Loin de New York et de ses marchés boursiers, River Valley demeurait une porte d'entrée vers les richesses du nord-est de l'Ontario. Ceux qui étaient installés dans ce coin de paradis continuaient à bien y vivre. Les champs produisaient le foin et l'avoine nécessaires aux animaux, les poules pondaient, les Holsteins donnaient du lait, on faisait boucherie au besoin, les légumes poussaient dans le sol fertile des bonnes terres de la région et les poissons frayaient, année après année, dans les rivières Sturgeon et Temagami. Pour l'heure, tout était normal malgré le Grand Krach. Les magasins de River Valley faisaient de bonnes affaires, les profits étaient enviables.

Les chantiers environnants embauchaient toujours des milliers de bûcherons et les moulins à scie à Field et à Cache Bay fonctionnaient six jours par semaine, du printemps jusqu'à l'automne pour scier les billots qui descendaient des rivières. Le forage à la mine Golden Rose s'effectuait maintenant à deux cents pieds de profondeur et les premiers prélèvements étaient prometteurs. On profitait de l'hiver pour transporter, sur des chemins de glace tracés sur les lacs Temagami et Obabika, les matériaux nécessaires à la future mine.

Raoul trappait toujours de novembre jusqu'en mars. C'était les meilleurs mois pour récolter des belles fourrures épaisses et reluisantes, celles qui valaient le plus cher. Le castor était toujours le plus recherché par les acheteurs et sa fourrure était à son plus beau entre novembre et janvier. Raoul consacrait une bonne partie de son énergie à installer des pièges à castor bien camouflés dans huit à dix pouces d'eau, et il retournait les relever chaque deux jours et refaire l'installation nécessaire pour se garantir d'autres prises. Mais il mettait beaucoup de temps et d'énergie simplement pour se rendre de sa cabane, le long de McArty Creek, jusqu'à sa ligne de trappe qui se trouvait à côté de la terre d'Isaïe Boisvenue. Il devait marcher quelques kilomètres avant d'y arriver.

Un jour, Isaïe Boisvenue lui suggéra de se bâtir une cabane juste en bas de sa ligne de trappe, dans une clairière qui se trouvait au bout de la ferme familiale des Boisvenue. C'était un endroit idéal, qui bordait la rivière Temagami. Boisvenue ne s'en servait pas. Raoul ne se fit pas prier et choisit sans tarder un emplacement à son goût pour installer une nouvelle cabane. C'était à la fin de mai, et il avait tout son temps pour se bâtir et s'installer avant la prochaine saison de trappage.

Comme il l'avait fait avec Wilfred en arrivant à River Valley, il repéra à proximité de son site des épinettes de même taille, d'environ six pouces de diamètre et il se mit au travail au début de juin pour les abattre. Chaque arbre choisi fut entaillé à coups de hache puis scié avec une scie à bras de manière à ce qu'il tombe du côté de l'entaille. Raoul ébrancha ensuite les épinettes à la hache, enleva un peu de leur écorce et les traîna au bon endroit. C'était du travail dur, mais Raoul connaissait son affaire et il prenait son temps. Il aimait cette rivière, respirait l'air pur de la forêt et se trouvait chanceux de pouvoir s'installer dans un si bel endroit, isolé sans être trop loin du village.

Sa cabane, pas très grande mais suffisante pour ses besoins, était de forme rectangulaire, d'environ dix pieds par douze pieds. Pour la fondation, Raoul choisit avec soin des roches avec un côté plat qui pourraient servir de base pour le plancher. Chez Boisvenue, il avait remarqué un ancien bâtiment, affaissé avec le temps, et qu'on avait oublié sur le terrain. Ce bâtiment était fait de planches brutes, idéales pour le plancher, et il y avait encore de bons clous carrés après les planches.

— Prends-en si t'en veux, Raoul, c'est du vieux bois de grange. Je m'en sers quand j'en ai besoin mais comme tu peux ouère, j'en ai en masse, fait que gêne-toé pas si t'en as besoin pour ton shack. Si tu veux d'aut' chose ou même de l'aide, t'as rien qu'à demander. Chu pas regardant, tu l'sais, pis mes garçons non plus.

— Merci, je l'sais, oui. Je l'apprécie. J'en prendrai pas trop, juste ce qu'y faut.

— Mon idée que tu vas enlever ta veste avant longtemps, mon Raoul, à travailler dans la chaleur comme ça. C'est assez pour faire fondre un homme. Baptême, y fait chaud c'te année!

— Ça me dérange pas encore, à l'heure qu'il est. Peut-être plus tard.

— Bon bin, c'est ça. J'vais retourner à mes affaires, moé, pendant que tu fais les tiennes.

Quand la cabane de Raoul fut terminée, elle avait tout ce qu'il fallait pour un trappeur, c'est-à-dire qu'elle était simple mais pratique. Les murs étaient fabriqués de billots de bois rond emboités solidement l'un sur l'autre grâce à des encoches taillées à la hache. Raoul avait tchinké[2] les fentes entre les billots avec de la mousse et un peu d'étoupe. Les courants d'air allaient sûrement rester dehors avec ça. Le toit était en bardeaux, comme de raison. Les planches brutes qu'il avait récupérées chez Boisvenue étaient parfaites comme plancher, un vrai luxe à comparer avec le plancher de terre dans l'autre cabane.

Raoul s'était permis d'ajouter une fenêtre, avec

---

[2] Tchinké. De l'anglais, ceci veut dire boucher ou bloquer en remplissant les fentes entre les billots.

vue sur la rivière. Il avait un lit, une bonne table, deux chaises et un petit poêle à bois pour chauffer la place et se faire à manger. L'éclairage était fourni par une lampe à l'huile qui brûlait du « colail », comme on disait à l'époque. Ce mot calqué de l'anglais *coal oil* désignait une huile préparée spécialement pour les lampes. C'était suffisant comme éclairage, parfait pour travailler sur les fourrures et même pour lire. Ses quelques vêtements et son attirail de trappeur étaient accrochés à des clous sur les murs. Il avait tout ce qu'il lui fallait et il s'installa chez lui au mois d'août, bien satisfait de sa nouvelle cabane.

⋮

En 1933, la crise mondiale de la Grande Dépression touchait sévèrement le Canada. Le taux de chômage au pays atteignait trente pour cent de la population active. Dans les grandes villes, on aurait dit que tous les hommes se cherchaient de l'emploi. La majorité des activités industrielles étaient à un point mort parce que les usines ne parvenaient plus à exporter leurs marchandises. Les employés mis à pied et donc sans salaire ne pouvaient plus se payer à manger. Ceux qui demeuraient hors des grands centres, sur des terres de subsistance, étaient les mieux placés pour passer à travers la crise, leur alimentation étant assurée.

L'Ontario et le Québec étaient moins frappées que les autres provinces car leur production industrielle était plus diversifiée et, surtout, destinée au marché intérieur. Même si les prix avaient baissé, on continuait de produire encore un peu, alors que, à l'autre bout du pays, ce n'était pas la même histoire. Les grandes prairies, par exemple, produisaient des céréales presque exclusivement pour l'exportation. On aurait dit que tous les malheurs imaginables s'abattaient sur les quatre provinces de l'Ouest depuis quelques années : des sauterelles envahirent les prairies, des tempêtes de grêle dévastèrent les champs et, finalement, la plus grande sécheresse jamais vue au Canada vint créer la pire situation possible.

À River Valley, on voyait désormais arriver des voyageurs poussiéreux et affamés, qui étaient montés clandestinement dans des wagons de train en provenance de l'ouest. Ils cherchaient de l'ouvrage en échange de quelque chose à manger. Quelques-uns s'en allaient dans les chantiers, mais ce n'était pas des gars habitués à bûcher.

— Va porter ça au vagabond qui est assis au bord de la rivière, Florence. C'est pas grand-chose mais c'est mieux que rien, ça va le nourrir un peu. Y boira de l'eau fraîche de la rivière avec ça. Amène ton petit frère. Puis, tu t'en reviendras tout d'suite, reste pas là pour le regarder manger, comme t'as fait' l'autre jour.

— J'vais juste lui donner pis m'en r'venir tout d'suite, M'man.

— T'as pas besoin de faire d'la conversation non plus. Surtout qu'y parle probablement pas français. Fais juste lui donner, sans le r'luquer. C'est un pauvre homme, faut pas le gêner.

— J'vais revenir tout d'suite M'man.

La mine Golden Rose connaissait de bonnes années pendant la Grande Dépression, même si elle ne produisait pas encore d'or. Tout indiquait qu'on commencerait bientôt à en extraire. En 1934, déjà, un vrai village avait été érigé autour des installations de la mine, comprenant une école, un magasin et même un terrain de tennis et de baseball. Quelques centaines de personnes y habitaient. Le forage avançait bien. On atteignit les quatre-cent-cinquante pieds en 1935 et, finalement, la production commença l'année suivante. Alors que la Grande Dépression continuait de détruire les économies mondiales, la Golden Rose Mines Ltd. produisait de l'or. C'était incroyable !

Entre 1936 et 1941, on y a extrait 145 587 tonnes de minerai, à partir duquel on a produit 43 359 onces d'or valant 1,6 million $. Et même un peu d'argent, pour une valeur de 3 377 $. L'or et l'argent étaient transportés par avion, directement de la mine jusqu'à Sudbury. En été comme en hiver, l'avion atterrissait sur le lac Emerald pour ramasser son précieux chargement.

Pendant les années de la Grande Dépression, le village de River Valley ne stagnait pas non plus. Les commerces et la paroisse florissaient. Aimé Boulard tenait un restaurant dont il tirait profit, et Édouard Philippe en ajouta un deuxième, car la clientèle ne manquait pas. Albert J. Giroux avait profité du boom de sa mine d'or pour acheter la maison de pension de Thériault et ouvrir un hôtel, avec permis de boisson. La Golden Rose Hotel devint un lieu de rencontres fort apprécié, autant par les résidents des alentours que par les gars de chantiers qui pouvaient s'y rendre facilement par la toute nouvelle route 805, qui reliait maintenant River Valley au lac Emerald. Les camions avaient remplacé les chevaux dans les chantiers et les hommes pouvaient facilement se rendre à River Valley fêter les fins de semaine. Les chantiers ne semblaient plus aussi éloignés que déjà. La vie changeait.

— On peut dire que l'hôtel ça marche quand les gars descendent. Les bûcherons, c'est des bons vivants qui aiment ça chanter, danser pis jouer du violon, disait Albert quand il vantait son établissement devant sa parenté.

Les musiciens ne manquaient pas dans la région et les soirées à l'hôtel Golden Rose pouvaient être endiablées. Chacun arrivait avec son instrument et c'était le party.

Le père Conrad Daigle, curé de la paroisse à cette époque, transformait le village lui aussi, mais à sa façon et selon sa vocation. Il laissait sa marque à River Valley. En 1935, alors qu'il procédait à l'ouverture de la nouvelle église de River Valley, il était au comble de la joie. River Valley avait été jusque-là une simple mission de la paroisse de Field, mais elle devenait, en ce grand jour, la paroisse de Ste-Rose-de-Lima. La consécration de la nouvelle église fut un moment de grande célébration pour tous les paroissiens.

Le père Daigle se mit aussitôt à envisager la construction d'un presbytère et d'une école. Les paroissiens l'appuyèrent dans ces deux nouveaux projets et ceux-ci ne tardèrent pas à se réaliser. En 1937, le curé de la paroisse de Ste-Rose-de-Lima put s'installer dans le nouveau presbytère situé tout près de l'église. L'école ouvrit ses portes la même année. Située non loin de l'église, au coin de la route 539 et la rue St-Joseph, là où se trouvait la croix de granit noir, elle était très belle, avec ses quatorze fenêtres sur la devanture pour assurer un maximum d'éclairage dans les classes.

D'autres bonnes nouvelles se répandaient dans le village. Albert J. Giroux ajoutait à ses actifs un moulin à scie, qu'il installa non loin du village, le long de la rivière Sturgeon, en face de la terre de Philippe Giroux. Il cherchait à embaucher une trentaine d'hommes pour scier les billots de son chantier et la nouvelle entreprise venait rehausser l'économie locale. Même si le sol avait tremblé légèrement dans toute la région du nord-est de l'Ontario le 1er novembre 1935, on se sentait en sécurité ici, physiquement et économiquement. Et les bois environnants regorgeaient de chevreuils à queue blanche, pour le plus grand plaisir des chasseurs de la région.

Quand Raoul retourna travailler dans un des chantiers de Gordon en 1936, il fit la route bien assis dans un gros camion qui transportait du matériel et des hommes. Les deux frères Legault montaient avec lui, cette fois-là. Adélard et son frère Édouard s'en allaient bûcher, comme ils disaient, pour aider à nourrir la grande famille de leur père. Après la mort de leur mère, leur père s'était remarié avec une veuve qui avait six enfants et, ensemble, ils en avaient ajouté quelques-uns à leurs deux familles. À la naissance du petit dernier, Théodore, la famille comptait quatorze enfants et il y en avait maintenant un autre en chemin.

⋮

Le 13 avril 1938, la manchette du *North Bay Nugget* annonçait la mort de Grey Owl, cet Autochtone de Temagami, très célèbre, et dont la réputation dépassait largement la région. Depuis une dizaine d'années, il effectuait des tournées internationales comme naturaliste et il avait écrit des livres sur la conservation du milieu naturel. On le considérait comme un grand homme, avant-gardiste pour son époque. Le *Nugget* annonçait qu'il était mort d'une pneumonie à l'âge de quarante-neuf ans. Dans l'article, ce qui étonna le plus, c'était qu'on y révélait que Grey Owl, le mieux connu de tous les Autochtones du Canada, n'avait pas une goutte de sang autochtone. Son personnage était fabriqué de toutes pièces. Archie Belaney, de son vrai nom, était un pur Anglais, né à Hastings, en Grande-Bretagne.

— C'est écrit noir su' blanc Samuel, même si c'est dur à crère. Comment est-ce qu'il a pu faire accrère ça à tout l'monde pendant quinze ans?

— Y en a qui devaient le savoir, pourtant. C'est

pas possible. Tu peux pas être un Indien si t'as pas de tribu. Faut que t'appartiennes à une tribu, m'semble.

— Qu'est-cé que vous racontez là, vous deux?

— On parle de la grande nouvelle qu'on vient d'apprendre, Rémi, au sujet de Grey Owl.

— Lui qui prêche toujours contre le trappage du castor? Qu'est-cé qu'y dit astheure?

— Y dit pus rien. Y est mort. Mais la grande nouvelle c'est que c'était même pas un Indien.

— Quoi? C'est pas un Indien? Qu'est-cé que tu veux dire, Isidore?

— Le *Nugget* donne son vrai nom, Archie Belaney, pis y est né en Angleterre, c'est un Bloke. Imagine-toi ça, faire semblant que t'es un Indien quand t'es t'un Bloke.

— Bin, va donc comprendre! Pourquoi c'est qu'y a fait' ça? Comment est-ce qu'y a pu s'y prendre pour passer pour un Indien si y en était pas un?

— Raoul, as-tu entendu la dernière nouvelle? C'est pas créyable, mais c'est écrit dans le papier, fait que...

Le *North Bay Nugget* était resté silencieux pendant deux ans, taisant cette histoire étonnante par respect pour le travail de conservation de Grey Owl. Cet homme avait été reçu officiellement par la famille royale de George VI et ses nombreux écrits sur la conservation faisaient les manchettes partout. Il était devenu une véritable vedette de cinéma grâce à des films commandités par Parks Canada, qui le présentaient comme naturaliste. Les gens se déplaçaient pour le voir dans les parcs du Manitoba et de la Saskatchewan. Il était un porte-parole habile, qui déplorait le traitement réservé aux Autochtones, aux forêts et aux animaux sauvages.

Le *North Bay Nugget* connaissait tous les détails de cette imposture depuis 1936, alors qu'ils avaient interviewé sa première femme, une Ojibwée de Temagami. Elle leur avait raconté que c'était avec elle et sa famille que l'Anglais avait appris la langue et le mode de vie des siens, après leur mariage en 1908. Trois ans plus tard, il était disparu, l'abandonnant avec un enfant, pour aller vivre dans une autre famille ojibwée à Biscotasing. Quand elle l'avait revu en 1925, il se prenait vraiment pour un Autochtone. Il se peinturait le visage, il s'était inventé des danses et des chants qui semblaient bien étranges pour les Ojibwés. Et il buvait beaucoup. Le *Nugget* avait alors fait des recherches pour retracer le parcours de Grey Owl. Il s'était marié officiellement trois fois sans jamais avoir divorcé et, de plus, il avait vécu avec deux autres femmes. Quatre enfants étaient issus de ces unions.

Malgré tout ce qu'on avait appris à son sujet, la décision avait été prise par les dirigeants du journal de protéger la légende de Grey Owl ainsi que la personne qui l'incarnait. Grey Owl était reconnu et adulé partout où il passait. Son message, livré dans des écrits éloquents, traçait une nouvelle voie pour l'exploitation des ressources naturelles. Il prêchait contre la déforestation, le trappage et la chasse à des fins commerciales. Après sa mort, quand l'histoire fut connue, son fils Johnny ne se gêna pas pour le traiter d'Archie « Baloney » : son père s'était peut-être préoccupé des animaux mais certainement pas des siens. L'histoire allait se souvenir de cet Anglais qui avait réussi, pendant tant d'années, à passer pour un Autochtone sans en être un. Il avait été assez convaincant dans son rôle pour en venir à y croire lui-même, peut-être.

Les familles de trappeurs qui s'étaient senties visées depuis plusieurs années par les critiques de Grey Owl furent les plus touchées par la révélation du *North Bay Nugget*. Qui était cet homme pour venir ici leur dire comment gagner leur vie, comment nourrir leur famille ? Raoul, comme les autres, fut très surpris de la révélation du jour et partagea l'étonnement général. Dans sa cabane par la suite, il rumina très longtemps cette histoire surprenante.

3- La Seconde Guerre mondiale

Le 3 septembre 1939, la Grande-Bretagne entrait en guerre pour appuyer les Alliés – la France, la Belgique… – dans leur lutte contre les pays de l'Axe, c'est-à-dire l'Allemagne nazie, l'Italie fasciste et l'Empire du Japon qui envahissaient les pays voisins. Cette guerre meurtrière ferait soixante-deux millions de morts en six ans et détruirait l'Europe entière. Pourtant, en ce début d'automne, à River Valley et partout ailleurs au pays, l'économie reprit de la vigueur parce que le Canada entrait en guerre. Finie la crise de la Grande Dépression. Il fallait maintenant habiller, nourrir et, surtout, armer les combattants. On relèverait l'économie en mobilisant toutes les ressources, matérielles et humaines, en vue de participer à cette guerre en terre lointaine. Le Canada entrait dans une période de prospérité.

Pour la deuxième fois depuis le début du siècle,

de jeunes hommes célibataires étaient recrutés à travers le pays. On ne parlait pas encore de conscription, même si certains craignaient que l'on invoque éventuellement cette mesure. Pour nombre de chômeurs, l'enrôlement dans l'armée représentait une planche de salut. Enfin du travail et un salaire garanti! Les volontaires ne manquaient pas. D'autres invoquaient la protection de la démocratie et des valeurs morales, et c'est dans cet esprit qu'ils se portaient volontaires. C'était le cas du père Paul Sylvestre, curé de la paroisse de Ste-Rose-de-Lima à River Valley, qui s'enrôla en 1941. Quatre autres jeunes gens de la paroisse deviendraient soldats. Les trois premiers survivraient à leur mobilisation: Camille Léger, fils de John, Patrick Léger, fils de Samuel et Hélène, ainsi que Jean Carré, fils d'Emmanuel et Kate. Mais le quatrième soldat, Lionel Thériault, fils de Joseph, périt en Hollande.

Quand le père Bradley arriva à River Valley pour remplacer le père Sylvestre comme curé de paroisse, le village comptait environ six cents résidents, presque tous des francophones catholiques pratiquants. Le nouveau curé fit son entrée dans le village à cheval sur sa motocyclette de marque Indian. Entrée qui impressionna au plus haut point le petit Roger Descoteaux, qui demeurait non loin de l'église. Roger venait de fêter ses neuf ans et ne pouvait pas croire ce qu'il avait aperçu.

— Louis, tu peux pas t'imaginer qu'est-cé que j'ai vu. C'est le nouveau monsieur le curé qui est arrivé au presbytère su' un gros bicycle.

— Hein?

— Oui, j'te l'dis. C'est écrit Indian dessus. Je l'ai vu.

— Y t'a parlé?

— Bin non, j'me suis sauvé quand y m'a vu.

— C'est peut-êt' même pas lui, d'abord.

— J'te l'dis, c'est lui. J'ai vu un collet de prêtre quand y a enlevé son casque. J'ai vu ses cheveux pis toute.

Le père Bradley venait de se faire des admirateurs et sa légende irait en croissant avec les années. Walter Bradley avait grandi à Chelmsford, près de Sudbury. Il avait vingt-huit ans à son arrivée au village. Malgré une éducation poussée et ses fonctions officielles comme prêtre, les gens se rendirent vite compte que leur jeune curé n'essayait jamais de tirer du grand. Le père Bradley aimait surtout se retrousser les manches et travailler de ses bras. Il ne se promenait pas en habit de curé mais toujours habillé comme les hommes de la place. Il chassait avec les meilleurs chasseurs du village, les frères Descoteaux.

Les beaux soirs d'été, le père Bradley s'installait dehors, tout seul avec son violon et il en réjouissait plusieurs dans le voisinage en jouant des rigodons ou des ballades qu'il faisait durer longtemps, en prolongeant le dernier refrain un petit peu plus, comme s'il n'avait pas voulu que ça se termine. Quand il se mettait à jouer *Au clair de la lune*, là on savait que le petit concert était terminé et que le père Bradley rentrait dans son presbytère pour se reposer.

⋮

Raoul travaillait comme marmiton au Grassy, vers la fin de l'hiver 1942, quand le père Bradley arriva en visite au camp. Raoul l'avait déjà vu de loin quand il se rendait au village, mais c'était la première fois qu'il le voyait de proche. Le père Bradley s'était assis près de Doudou Ayotte pour manger. On aurait dit qu'il connaissait tout le monde et qu'il était apprécié par les hommes, qui le saluaient du regard ou de la main, chacun leur tour. Mais on ne parlait pas en mangeant, c'était le règlement du camp. Aucun bruit, sauf celui des ustensiles, dans tous les camps, c'était pareil. On savourait en silence, sous l'éclairage des fanals. On aurait cru que le cuisinier s'était dépassé encore une fois ce soir et le père Bradley se servit copieusement.

Après un repas satisfaisant, le père Bradley s'était installé dans le bureau du *scaler* – comme on désignait celui qui mesurait les billots afin de déterminer le volume et la qualité du bois – pour entendre les confessions. Les mercredis soir, dans le même bureau, c'était le docteur Horace Paiement qui rencontrait ses patients. Raoul n'avait jamais consulté qui que ce soit dans ce bureau. Il ne croyait ni aux médecins ni à leurs médicaments. Selon lui, on était toujours mieux de se tenir loin d'eux si on ne voulait pas qu'ils nous inventent des maladies. Il soignait ses petites coupures avec du sel, et les plus grosses avec du beurre. Ce n'était pas un gars qui cherchait la pitié ou qui voulait attirer les regards sur lui. Pour ce qui était du curé, Raoul en avait encore moins besoin. Au village, il se tenait loin de l'église et des activités de la paroisse.

— Hé, les gars, Doudou va nous stepper[3] ça un peu. Envoye, Émile, sors ton assiette à tarte.

Une fois les confessions terminées, la soirée pouvait commencer. Josephat Ayotte n'avait jamais besoin de se faire prier et il commença à giguer comme nul autre ne savait le faire. Tout le monde

---

[3] Stepper. Du terme anglais step dancing. Ceci veut dire la danse à claquette où les pieds ont le rôle le plus important.

disait qu'il était le meilleur, un vrai talent naturel. Son frère Émile turlutait comme un bon et il jouait de la musique en faisant vibrer une assiette à tarte avec le bout des doigts puis avec ses jointures. Raoul essayait de regarder les pieds de Doudou tout en nettoyant les tables et en rapportant la vaisselle à la cuisine. La soirée commençait bien.

Les frères Ayotte lançaient souvent le party et on savait d'avance que d'autres talents se joindraient à la fête pour le plus grand plaisir de tous les gars. Si on était chanceux, ça pouvait durer pendant une bonne heure et le meilleur violoneux du camp accepterait de sortir son instrument seulement après s'être fait prier un petit peu. Les reels d'Armand Cayen faisaient toujours danser les hommes et tout le monde attendait son morceau final, celui du p'tit train, son fameux Orange Blossom Special que les gars accompagnaient en tapant du talon et en frappant des mains jusqu'à l'ultime coup d'archet qui signalait que le p'tit train venait d'entrer en gare. La soirée se terminait souvent quand résonnait la belle voix riche d'Isaïe Boisvenue. Les gars étaient loin de leurs familles et Isaïe leur chantait langoureusement *Un Canadien errant*. Raoul écoutait les paroles de cette chanson qui parlait d'être loin des siens et, comme tous les autres, il en mesurait la signification dans sa vie personnelle.

⋮

Quand Philippe et Exilda Giroux firent baptiser Maurice, leur tout premier, en 1942, cela se fit le plus simplement possible, dans la sacristie, en présence du père de l'enfant, du parrain et de la marraine. On s'empressait toujours de faire baptiser le bébé le jour même ou le lendemain de sa naissance pour lui assurer le ciel, au cas où il mourrait.

— Bonjour, monsieur Denonville. Ma femme a eu son bébé ça fait deux semaines de ça. On a eu un beau p'tit gars.

— Un p'tit gars.

— Oui, pis on l'a appelé Maurice. C'est le père Bradley qui l'a baptisé. C't'un bon bébé, on peut pas êt' plus heureux.

— Chu bin content pour vous aut', Philippe. Merci de la nouvelle. Mes félicitations à ta dame.

Philippe et Exilda s'étaient installés sur la ferme paternelle des Giroux, avec les parents de Philippe. Raoul avait rencontré la jeune épouse deux fois seulement mais, tout de suite, il avait constaté que c'était une jeune femme joyeuse, tout comme Philippe. Ils étaient de bons musiciens tous les deux, sur la musique à bouche en particulier, et leurs manières joviales mettaient Raoul à l'aise. Il avait même pris le thé chez eux, une journée qu'il était venu voir Philippe pour lui porter ses fourrures. C'était souvent Philippe qui se rendait à Sudbury vendre les fourrures de Raoul, sans exiger de se faire payer d'aucune façon. Raoul appréciait grandement ce service parce qu'il n'avait pas de camion pour s'y rendre et de toute façon, il ne tenait pas à se présenter en public quand il pouvait l'éviter.

⋮

La mine Golden Rose avait fait d'excellents profits pendant les années de la Grande Dépression mais elle avait fermé ses portes en 1941. On avait indiqué alors que la fermeture était temporaire mais, deux ans plus tard, les choses étaient toujours au point mort. Le village qui s'était bâti autour de la mine se dépeuplait graduellement, parce qu'il n'y avait plus de sources de revenus et que les services avaient disparu. Plus d'école, plus de magasin. Mais la région recelait d'autres minerais à exploiter et, non loin de la ferme de Philippe Giroux, on venait d'ouvrir une carrière pour l'extraction du granit noir. Le massif granitique du bouclier canadien allait fournir une variété « d'or noir » qui ferait rouler l'économie de la région. Ça payait bien et ça faisait travailler des hommes.

⋮

À l'automne 1943, Raoul était à la chasse au chevreuil avec Léo Boisvenue et Francis Giroux quand Lorenzo Descoteaux et ses frères sont arrivés, accompagnés du père Bradley. À comparer à Raoul et à ses amis, les Descoteaux étaient des chasseurs bien équipés. Même le père Bradley avait un meilleur fusil que celui de Raoul. Les Descoteaux transportaient une grosse tente de toile ; ils ont suggéré que tous donnent un coup de main pour l'installer et que tout le monde y couche, puisqu'il y avait assez de place pour huit personnes, sans se tasser. Le père Bradley raconta des petites farces en soirée et, de temps en temps, il regardait du côté de Raoul pour voir ses réactions. Il cherchait à le connaître, l'ayant vu circuler au village mais jamais à l'église. Il se disait qu'il faudrait qu'il passe le voir quand il ferait sa visite de paroisse au printemps. Le père Bradley aimait rencontrer tout le monde. Même les protestants, comme Charlie Langburn, n'échappaient pas à sa vigilance ou à son intérêt.

⋮

La *Loi sur les mesures de guerre* fut invoquée par le gouvernement libéral de Mackenzie King en novembre 1944. L'infanterie n'arrivant plus à recruter suffisamment de volontaires, tous les jeunes célibataires de dix-huit ans et plus devaient désormais s'enrôler dans l'armée. Ils n'avaient plus le choix. Pour nombre de jeunes, le temps était venu de disparaître à travers les bois. La région avait accueilli plusieurs déserteurs pendant la Première Guerre mondiale. Maintenant, elle fournissait un abri à une nouvelle génération de jeunes qui voulaient sauver leur vie. Raoul comprenait bien les sous-entendus des conversations quand on parlait de la question en sa présence.

— Dans la région de Desaulniers, j'ai su qu'y a un jeune qui se cache dans le bois pas loin de chez ses parents. Sa mère lui laisse son souper su'a galerie pis y vient le chercher pendant la nuit. Je sais pas si y va faire ça pendant tout' l'hiver. Pendant la Première Guerre, y avait un nommé Camille Philion qui faisait la même chose à Field. Y s'est tanné après un an pis y est allé s'enrôler. Mais, ça l'a pas payé trop trop. Quand y est r'venu, sa fiancée était mariée.

— Qu'est-cé que tu penses de ça, toé, Raoul?

— Oui, j'connaissais l'histoire, dans ces années-là.

— Y a bin assez du petit Thériault qui est allé mourir là-bas. J'espère que les aut' vont nous r'venir en vie pis en bonne santé.

Plusieurs familles envoyaient porter des colis à ceux qui se cachaient en bas de la chute du lac Obabika. On ne savait pas à quel endroit exactement les gars étaient installés, sauf pour quelques personnes qui faisaient le lien entre les familles et les déserteurs, rassurant les uns et informant les autres de ce qui se passait. À l'occasion, quand un déserteur venait rendre visite à sa famille, c'était un moment de grande tension, d'inquiétude, dans la maison.

— Florence, si jamais quelqu'un qu'on connaît pas arrive à porte, tu iras vite t'asseoir à place de ton oncle Henri. Lui, y va enfiler sous la table pis faut pas y parler. Faut faire semblant de rien.

— Est-ce qu'on va le voir en-dessous de la table?

— Bin non, c'est pour ça qui va enfiler en-dessous de la table. La nappe va le cacher. Je vais mettre la grande nappe blanche, celle qui va jusqu'à terre. Faut pas que personne le voie. Pis parle pas de ça à personne non plus, ma Florence. Fais ta grande fille.

— Quand est-ce qu'y va sortir d'en-dessous de la nappe, M'man?

— Seulement quand le danger va êt' passé. C'est ton père qui va dire à ton oncle quand ça va être le temps de sortir.

⋮

La Seconde Guerre mondiale s'est finalement terminée après que les États-Unis eurent largué deux bombes atomiques sur le Japon, avec des effets catastrophiques. La première sur Hiroshima, ville de trois-cent-quarante-quatre-mille habitants, entraîna le plus grand cataclysme jamais vu causé par l'homme. La ville disparut complètement, et un grand nombre de ses habitants avec elle. Trois jours plus tard, le 9 août 1945, la ville de Nagasaki fut la cible de la deuxième bombe atomique. L'Armistice fut signé le 2 septembre 1945. À travers l'Europe dévastée, on entrait dès lors dans une période de prospérité sans précédent, puisqu'il fallait reconstruire tout ce qui avait été détruit en six ans de guerre.

Dans les soixante-et-un pays qui avaient participé à la guerre, le temps était venu de retrouver le cours normal des choses. Les soldats rentraient chez eux, désireux de reprendre leur vie là où ils l'avaient laissée. Mais ce n'était pas toujours possible, tellement de choses pouvaient avoir changé à la maison en leur absence. Les soldats eux-mêmes ne revenaient pas toujours au pays comme on les avait connus. La guerre les avait transformés, que ce soit visible ou non à l'œil nu. Certains allaient traîner leurs cauchemars toute leur vie.

Le vieux Charlie Langburn était à l'hôtel Golden

Rose, où il buvait sa petite bière quotidienne, quand Patrick Léger est venu s'asseoir avec lui. Patrick savait parler anglais, et il n'y en avait pas beaucoup d'autres comme lui dans le village. Depuis que Patrick était revenu de la guerre, on le trouvait changé, plus expressif qu'avant. Il parlait fort, il buvait beaucoup et s'enflammait facilement. Il raconta au vieux Charlie que pendant son déploiement en Écosse, il avait rencontré une jeune fille de dix-huit ans du nom de Jenie Cochrane. Une belle fille qui lui plaisait beaucoup. Elle était orpheline de père et de mère et vivait avec ses trois sœurs chez son oncle John, dans la ville de Glasgow. Avec un petit sourire de côté et un geste exagéré, Patrick sortit de sa poche une photo qu'il mit sous le nez de Charlie.

— *So, to make a long story short, I married her.*
— *You did what? Are you really married, Pat?*
— *Yeah…, I'm married.*
— *Do your parents know about this?*
— *Not yet. She's not only Scottish but she was raised as a Protestant.*

Mis au fait du mariage, Charlie mit tout en branle pour que Patrick retourne en Écosse chercher sa jeune épouse. Charlie a offert de payer toutes les dépenses nécessaires pour avoir le bonheur de rencontrer cette jeune orpheline qui parlait anglais et venait des vieux pays. Son histoire lui rappelait en quelque sorte la sienne. En 1897, Charlie avait été envoyé au Canada par la Grande-Bretagne, comme beaucoup d'orphelins irlandais. Il avait fait le voyage en bateau avec sa petite sœur. Elle lui tenait la main, toute craintive et anxieuse pendant le voyage en mer. Charlie avait douze ans et, à cette époque, il était considéré comme un adulte. Il se sentait responsable de sa petite sœur et il aurait tout donné pour pouvoir la garder à ses côtés et s'en occuper. Mais ils n'étaient pas sitôt arrivés en gare à Brockville que les familles intéressées à adopter des enfants britanniques montaient dans le train et prenaient, ici et là, ceux qui les intéressaient. Charlie n'avait plus jamais revu sa petite sœur, il n'avait jamais su où elle avait abouti. Depuis ce moment, il s'était juré de tout faire pour la retrouver. Il avait aujourd'hui soixante ans et toutes ses recherches étaient restées infructueuses, malgré l'argent qu'il dépensait à payer des avocats depuis dix ans.

⋮

Quand Roger et ses amis voyaient monsieur Denonville entrer au bureau de poste, ils ne pouvaient pas s'empêcher de faire, à l'occasion, de petites farces plates à son sujet.

— As-tu vu la petite vieille Denonville? C'est pas un homme, y a même pas de barbe. Mon frère Isidore en a déjà plus que lui, pis y a juste quinze ans.

C'était Arthur qui l'imitait le mieux, en prétendant avoir le dos courbé sous le poids d'un gros sac. Il faisait rire les autres avec son imitation. Mais il ne fallait surtout pas que les adultes les voient.

— Arthur! Monsieur Denonville, c'est monsieur Denonville. Pis on rit pas de personne icitte, c'est-tu clair? Arthur! je te parle, c'est-tu clair?

— Oui, M'man, j'm'excuse, j'm'excuse.

Les quatre mousquetaires n'auraient pas voulu que le père Bradley les entende non plus, parce que ça aurait pu le fâcher et ruiner leurs petites sorties spéciales. Quand l'automne s'installait, le père Bradley arrivait à l'école, rentrait dans la classe après avoir cogné doucement à la porte. Tout le monde se levait pour le saluer en chœur, d'une voix respectueuse.

— Bonjour, monsieur le Curé.

— Bonjour les enfants. Vous pouvez vous asseoir. Monsieur le curé va parler avec votre maîtresse.

Le père Bradley s'entretenait ensuite avec l'enseignante, toute souriante, qui faisait des signes de tête pour montrer qu'elle comprenait et qu'elle était d'accord.

— Louis, Roger, Arthur, et puis Joseph, monsieur le curé a besoin d'aide.

Toujours les quatre mêmes et tout de suite, les gars étaient excusés de la classe avec la bénédiction de l'enseignante, qui était fière « d'aider » monsieur le curé. L'auto du curé était stationnée devant la porte de l'école.

— Embarquez les gars, on s'en va à la chasse.

Le curé avait besoin d'eux et les gars ne demandaient pas mieux. Dans le coffre de l'auto, il y avait quelques fusils. Rendus dans le bois, le curé tirait, il faisait tirer les gars, chacun leur tour, sur le gibier. C'était les plus beaux jours de l'automne pour les p'tits gars. Ils étaient fiers comme des coqs de se trouver en compagnie d'un homme aussi spécial que le père Bradley. Un homme admiré dans tout le village.

⋮

C'est finalement en juillet 1946 que Patrick Léger put présenter sa nouvelle épouse à ses parents et à Charlie Langburn. Tout le monde au village savait depuis un moment qu'une *war bride* – une épouse de guerre – était en route pour River Valley et qu'elle arriverait d'une journée à l'autre. On avait guetté le train, curieux de savoir de quoi pouvait bien avoir l'air une fille venue de l'autre côté et qui parlait seulement anglais. Bidou Léger se préparait à accueillir sa bru avec les quelques mots anglais qu'il connaissait. Il était fier de voir que son gars s'était trouvé une femme pendant la guerre et qu'il la ramenait au pays. C'était certainement unique dans la région. La nouvelle belle-mère, Hélène, n'était pas très enchantée de savoir qu'une anglaise, protestante de surcroît, venait s'installer chez eux. Même si elle s'était convertie au catholicisme, ça ne voulait pas dire qu'elle était moins protestante qu'avant. Ce n'était certainement pas ce qu'Hélène avait imaginé pour son beau Patrick et elle restait sur ses gardes en attendant l'arrivée de la jeune Écossaise.

Jenie avait vingt-et-un ans à son arrivée à River Valley. Elle avait choisi de tout quitter afin de rejoindre son époux, laissant derrière elle ses sœurs, son oncle et la grande ville de Glasgow. La traversée de l'Atlantique avait duré une semaine sur le paquebot Letitia, appareillé spécialement pour transporter les nouvelles épouses de guerre. Long de cinq-cent-vingt-cinq pieds, le Letitia avait deux mâts et fonctionnait à la vapeur. Le service à bord du navire avait été impeccable, les repas servis dans l'élégante salle à manger resteraient gravés dans la mémoire de Jenie à tout jamais. Elle conserva précieusement le menu qui leur avait été remis lors du dernier souper et le plaça en sécurité dans sa valise pour le montrer à Patrick. Le message qui y était inscrit la touchait particulièrement et elle le relut plusieurs fois, heureuse et confiante en l'avenir.

> *FAREWELL GREETING[4]*
> *"May fair winds befriend you*
> *Through life's onward voyage."*

Alors que l'Europe commençait à se rebâtir, Jenie s'en allait au loin se bâtir une nouvelle vie auprès de l'homme qu'elle aimait et admirait. Elle se sentait comme une grande dame lorsque le navire entra au port de Halifax.

— *Oh my, what's happened here?*

Au moment où le train est entré à la petite gare de River Valley, Jenie se demandait si elle était réellement arrivée à sa destination finale. Mais puisque Patrick était là qui l'attendait, le sourire aux lèvres, il ne pouvait pas y avoir de doute. C'était bien ici le village de River Valley, même si elle se l'était imaginé autrement. Quand Patrick lui en parlait, du temps

---

[4] Souhaits d'adieux. Que de bons vents vous accompagnent tout au long de la vie.

qu'ils se fréquentaient à Glasgow, elle imaginait les choses qu'il décrivait mais, bien inconsciemment elle en ajoutait, complétant l'image qui se formait dans son esprit par des trottoirs, une grande rue, des parcs, un cinéma, ce qu'elle connaissait à Glasgow, quoi.

River Valley était bien différent du portrait que Jenie avait en tête, comme elle le constata en descendant du train. Mais Patrick était là et elle était toute à sa joie de le retrouver. Il n'avait pas trop changé. Son beau-père l'accueillit chaleureusement dans un anglais cassé qu'elle trouva plutôt drôle mais bien sympathique. Le vieux Charlie ne cessait de l'admirer, les larmes au coin des yeux. Il parlait sa langue et elle sentait que ce Charlie remplacerait un peu son oncle John, qui avait pleuré à chaudes larmes en la voyant partir pour l'Amérique.

— *I never wanted my son to marry an English woman.*
Ce furent les premières paroles que sa belle-mère lui adressa quand la jeune épouse mit les pieds dans la maison des Léger. Hélène Léger avait décidé de mettre les choses au clair, dès le début. Heureusement que la nouvelle bru était devenue catholique avant de se marier parce qu'autrement Hélène n'aurait jamais accepté qu'elle vive sous son toit.

⋮

Pendant les années de l'après-guerre, le Canada, tout comme plusieurs pays, connut une augmentation importante du taux de natalité. L'économie fonctionnait à plein, les gens avaient confiance en l'avenir. Les bonnes familles catholiques de River Valley n'ont pas échappé à ce phénomène. Chez Philippe et Exilda Giroux, on vit arriver Alcide, Henriette, Bernadette en un temps record. Chez Francis et Germaine Giroux, Raoul constatait qu'il y avait toujours des couches sur la corde à linge quand il passait près de la ferme, sur le chemin qui menait à sa cabane. Doudou Ayotte et sa femme accueillirent Rémi, nommé ainsi pour honorer son grand-père, les Gauthier fêtèrent l'arrivée de la petite Pauline. Dans toutes les maisonnées, on lavait des couches et on aurait dit que les femmes étaient toujours enceintes. Le père Bradley était comblé par tous ces nouveaux paroissiens.

⋮

Un bon jour, à la fin des années quarante, le père Bradley décida qu'il faudrait embellir le village, mais sans que ça coûte rien à personne.

— Ça prendrait des arbres. Le printemps arrive,

c'est le meilleur temps pour planter. On va en mettre à la longueur du village. Si tout le monde aide, ça pourrait se faire dans une seule journée. On pourrait faire ça… samedi prochain.

Le jour venu, tous les hommes disponibles s'étaient rendus devant le magasin général Giroux, avec des pelles; ceux qui avaient des camions faisaient monter ceux qui arrivaient à pied. Puis ils sont partis déterrer des ormes dans les environs et les transporter ensuite au village. Tout le monde a travaillé, les grands comme les moins grands, pendant une journée complète. En fin de journée, c'était beau à voir. Tous les arbres avaient été plantés, bien alignés, d'un bout à l'autre du village.

— Les hommes, ceux qui sont dans l'âge comme de raison, si vous voulez prendre une bière, c'est moi qui paie.

Le père Bradley, c'était un homme comme ça. Lui-même ne buvait pas, mais il comprenait que les autres pouvaient aimer ça et il ne voyait pas de mal là où il n'y en avait pas. La seule chose qu'il buvait, forcément, c'était le vin à la messe.

⋮

Raoul n'avait pas participé au travail initié par le père Bradley. Puisqu'il ne venait pas au village plus souvent que nécessaire, il n'avait même pas su qu'une corvée s'organisait pour embellir la rue principale. C'est par après, en venant au magasin pour faire ses provisions, qu'il avait vu les petits arbres plantés comme des soldats. Quand Francis Giroux le vit passer, à son retour du village, il l'invita à entrer voir sa petite famille. La belle Germaine était toujours bien accueillante et si Raoul hésita un peu, c'est qu'il ne voulait pas les déranger, mais il finit par accepter. Ça sentait le bon pain dans la maison et une deuxième fournée cuisait déjà dans le poêle à bois.

— Bonjour, monsieur Denonville. Ça fait plaisir de vous voir. J'suis pas sorteuse avec toute ma marmaille mais j'aime avoir de la belle visite. Prendriez-vous un morceau de pain avec d'la mélasse pis un bon thé?

— Vous êtes bin aimable, madame Giroux, mais j'voudrais pas vous déranger.

— Bin non, bin non, ça dérange pas pantoute. Francis rentrait justement pour prendre une bouchée lui aussi.

— Oui, je vais prendre un thé moi aussi, ma belle Germaine... J'ai vu le jeune Descoteaux s'en aller dans votre bout' tout à l'heure, monsieur Denonville. Y devait s'en aller chasser la perdrix.

— Oui, y passe pas loin de ma cabane de temps en temps. Un peu plus tard, je l'vois r'venir avec deux ou trois perdrix accrochées à sa ceinture. Y est bin tranquille. Ça me dérange pas qui vienne chasser sur ma trapline.

— Bin oui, ça dérange rien, vous avez bin raison, monsieur Denonville. Pourvu que les gens soient respectueux.

La visite de Raoul était toujours appréciée chez Germaine et Francis. On pouvait parler de n'importe quoi avec lui, car il semblait toujours intéressé et il était, en tout temps, d'accord avec ses hôtes. Il écoutait plus qu'il ne parlait et riait facilement aux petites farces de Francis. Il ne manquait jamais de vanter le bon pain de Germaine, lui disant que le sien n'était pas aussi bon, comme de raison.

⋮

Depuis l'ouverture de la route 805, la région au nord de River Valley était entrée dans une nouvelle période de croissance économique, cette fois grâce aux nombreux camps de touristes qui louaient des petits chalets sur le bord des lacs. Les visiteurs arrivaient des grandes villes, certains même des États-Unis. À l'automne, c'était pour la chasse, en été pour les vacances en famille et en tout temps pour la pêche, car les lacs cristallins étaient réputés. Chaque année, le nombre de touristes augmentait et River Valley était si bien placé que les marchands en profitaient. Les touristes, autant que les bûcherons, arrêtaient souvent au village pour se ravitailler avant de poursuivre leur route.

⋮

Le père Bradley entretenait de bonnes relations avec des personnes haut placées en politique provinciale et, grâce à ses réseaux, il apprit que la province comptait fermer prochainement toutes les écoles de deux classes. L'école du village de River Valley n'en comptait que deux. Il fallait donc agir avant qu'il soit trop tard et que leur école disparaisse. Aux élections suivantes, le père Bradley posa sa candidature à la Commission scolaire. Il fut élu, et les deux autres commissaires le choisirent évidemment comme président. À trois, ils décidèrent qu'il était temps de bâtir une école de quatre classes, et qu'il serait sage de prévoir l'espace nécessaire pour y ajouter éventuellement deux autres classes. La décision prise, il ne manquait plus que les élèves pour remplir ces classes.

Dans les campagnes environnantes, il y avait trois écoles publiques anglaises remplies d'élèves francophones. Le père Bradley commença à faire ses visites dans les campagnes. Il informa ses paroissiens de la construction de la nouvelle école et leur annonça que la Commission scolaire allait fournir le transport gratuitement. Leurs enfants pourraient enfin recevoir une éducation catholique en français, dans le village. Les inscriptions ne se firent pas attendre. Une fois confirmé le nombre d'élèves, le père Bradley s'adressa à tous ses paroissiens.

— Les hommes, si tout le monde donne de son temps pour bâtir l'école, on va aller plus loin avec notre argent et on va bâtir plus gros. On va avoir deux classes de plus au cas où on en aurait besoin. Pas seulement ça. On pourrait même bâtir un gymnase pour les enfants, qui servirait, en même temps, de salle paroissiale.

Le père Bradley parvint, sans trop de difficulté, à convaincre les hommes du village à participer aux corvées. Il rendit visite à quelques familles bien nanties afin de les inciter à contribuer chacune un montant considérable pour l'époque, un gros 3 000 $. Le projet se réalisa en un temps record. Une toute nouvelle école de quatre classes ouvrait ses portes en 1949. Les élèves avaient un beau gymnase et la paroisse, une salle paroissiale dont le chauffage était assuré par la Commission scolaire.

4- Francis et Germaine

C'est en 1950 que l'électricité arriva enfin à River Valley. Dans le sud de la province, les résidents avaient déjà accès à ce service depuis plusieurs années. Dans le nord de l'Ontario, en raison de la faible densité de la population et de son éparpillement sur de grandes distances, ce n'est qu'à partir des années cinquante que la région a commencé à être desservie par le réseau d'Hydro-Ontario.

Cela ne voulait pas dire pour autant que toutes les maisonnées de River Valley se prévaudraient immédiatement du service, mais celles qui pouvaient se le permettre se faisaient installer un fil électrique pour se brancher.

— T'aurais dû voir ça. J'ai pris ma lampe de colail pis j'l'ai garrochée au boutte de mes bras, su' l'mur de la maison. J'étais assez content de m'débarrasser de ça.

— Ouais, tu t'es pas gêné, Edgar.

— Non, monsieur, j'me suis pas gêné! Là, on a de la lumière le soir, comme si le soleil brillait encore dans maison. Tu viendras voir ça, si tu me crois pas. Mon p'tit Laurent a de la lumière pour faire ses devoirs. Y va aller loin celui-là, y aime ça lire pis écrire.

— J'sais bin que pour faire les devoirs, ça doit aider, surtout l'hiver quand la noirceur descend si vite.

— Oui monsieur, pis ma femme a commencé à dire qu'elle aimerait avoir un *toaster*. Ça fait que je vas y en acheter un pour sa fête, le 3 juillet prochain.

— J'irais bin voir ça, Edgar, si c'est pas un mauvais temps pour vous déranger. C'est ma femme qui va être surprise si elle apprend que j'y pense.

Raoul avait remarqué qu'au magasin général, le nouvel éclairage, très blanc, l'aidait à voir les prix affichés sur les produits. Sa vue baissait un peu depuis quelques années et c'était parfois difficile pour lui de lire les petits chiffres. L'électricité dans les magasins, ça lui semblait une bonne idée. Mais chez lui, dans sa cabane, Raoul n'avait aucunement besoin de ça. Le jour, une bonne clarté entrait par la fenêtre et, si le temps était doux, sa porte restait ouverte. Le soir, la lumière d'une bonne lampe à l'huile était suffisante pour qu'il puisse travailler sur ses fourrures. Il était si habitué à gratter les peaux que son geste était devenu machinal. Comme un pianiste qui joue sans même regarder ses doigts ou les notes dans son cahier, Raoul nettoyait ses peaux en se fiant à ses doigts agiles. Pour la lecture en fin de soirée, cependant, il allumait maintenant une deuxième lampe. L'écriture dans son *Reader's Digest* n'était pas très grosse, surtout sur la page des petites farces. Et il les relisait souvent, avec l'idée d'en mémoriser quelques-unes à raconter à Francis et Germaine.

Raoul arrêtait assez souvent chez Francis quand il passait près de leur ferme. Dès que Francis le voyait, immanquablement, il lui faisait signe de s'approcher.

— Belle journée, monsieur Denonville. Avez-vous vu les lumières électriques au magasin général ? J'imagine que ça doit leu' coûter une beurrée.

— Oui, mais c'est bon dans un magasin, ça éclaire bien.

— Nous aut', les fermiers pis les trappeurs, on a pas vraiment besoin de ça. Ma Germaine, elle se débrouille très bien sans ça. En tout cas, peut-êt' un jour, mais pas tu suite… Pis, avez-vous trappé des belles fourrures hier? Moi, j'ai ramassé deux petits visons.

— J'espérais prendre du castor mais j'suis revenu avec deux loutres pis un rat musqué. C'est mieux que rien quand même.

— Oui, c'est toujours mieux que rien. Mais pour dire la vérité, j'suis bin chanceux, moé, c't'hiver. J'ai attrapé des belles bêtes pis j'vais avoir beaucoup d'belles peaux pour l'encan. Il m'en reste encore plusieurs à préparer. J'peux apporter les vôtres, là, quand j'irai.

— Si c'est pas trop demander, Francis. J'voudrais tout de même pas ambitionner.

— Bin non, gênez-vous pas, monsieur Denonville. Ça me fait plaisir de donner un coup de main à un bon voisin. V'nez donc prendre un thé dans maison. Mon petit Roger va vous parler de ses premières sorties sur la trapline.

— Roger, déjà?

— Ah oui! Il vient d'avoir huit ans, ça fait que c'est l'temps de commencer. Le p'tit Maurice à Philippe a trappé lui aussi, c't'hiver. Sont fiers de ça, les p'tits gars. Rentrez donc, monsieur Denonville. Faites-vous pas prier. Roger va aller vous chercher sa première loutre, pis y va vous expliquer comment y a installé la roche pour tenir son piège en-dessous de l'eau. Faut que je vous dise qu'y était pas mal mouillé quand y a eu fini.

⋮

Raoul était heureux de voir venir le printemps et pensait à ranger ses pièges. Il songeait à se reposer un peu en attendant la saison suivante. Peut-être même ferait-il un peu de pêche juste en bas de sa cabane, question de varier son menu. Le trappage avait été bon, cet hiver, et les profits à l'encan devraient être suffisants pour passer l'année. Mais en allant faire des provisions au village le jeudi suivant, il avait rencontré Doudou Ayotte, qui lui avait demandé si ça pourrait pas l'intéresser de monter au moulin à scie Cockburn pour quelques mois. Raoul savait que Don Cockburn faisait chantier et sciait sur place au nord de Grassy, au lac Emerald. Doudou était contremaître chez Cockburn et il cherchait activement à recruter des hommes pour différents ateliers, puisqu'ils étaient à court de main-d'œuvre.

— Dans la section qui fait des barreaux, l'ouvrage manque pas et il nous manque des hommes. Ça t'intéresserait pas, Raoul ?

— J'y avais pas pensé mais ça pourrait peut-être marcher. Quand est-ce que tu montes ?

À cinquante-neuf ans, Raoul était encore capable d'abattre de grosses journées d'ouvrage. Il se rendit donc le lundi suivant, tel que prévu, au bord de la route 805 attendre le gros camion de trois tonnes qui transporterait au chantier une vingtaine d'hommes. Il y avait là un petit Legault qui attendait lui aussi pour monter au chantier et qui lui sembla un peu gêné quand Raoul s'approcha de lui.

— Bonjour, monsieur Denonville. Montez-vous au moulin Cockburn ?

— Oui, c'est ça. Toé, tu m'as l'air d'un p'tit Legault. Es-tu le frère d'Adélard pis Édouard ?

— Oui, c'est mes frères. Moé, c'est Théodore, mais tout le monde m'appelle Ted.

Depuis que Ted était enfant, il voyait passer Raoul dans le village et il trouvait que cet homme-là avait l'air différent des autres. Il ne semblait pas féminin dans ses manières, mais il avait de petites mains, un peu comme une femme, et la peau de son visage était vraiment lisse. On ne voyait pas de barbe du tout. Quand Ted était avec ses amis, ils disaient entre eux que c'était la p'tite vieille Denonville qui arrivait. Aujourd'hui, Raoul était là, debout à côté de lui, avec son attirail, à attendre le camion et ils allaient travailler ensemble au moulin à scie. Ted s'imaginait que Raoul avait été embauché pour travailler dans la cuisine.

Une fois dans le camion, assis parmi les hommes, le jeune Ted Legault se sentait tout à fait à l'aise. Tous les autres semblaient le connaître. Il avait seulement quinze ans, mais c'était déjà un homme et il parlait avec les autres gars de ses années passées dans les chantiers quand il avait treize et quatorze ans.

— Le vieux Tessier m'a montré comment affiler une hache... Avec un outil bin affilé, on se blesse pas.

— Ah oui!

— Pis j'ai travaillé avec le vieux Frank Patenaude pendant deux ans. J'étais sur les chevaux, moé. Le vieux Frank y s'était fait' estropier avec des pattes de cochon. Ça avait échappé, qu'y m'a conté, pis ça y avait arraché une oreille. Mais y a jamais descendu su'l'docteur. Y a patché ça lui-même, tabarouette.

Raoul pouvait voir que Ted ne manquait pas de confiance en lui-même et qu'il ferait son chemin dans la vie. Il n'était pas gêné, le jeune, mais autant il pouvait parler quand c'était le temps de parler, autant il travaillait fort et était adroit. Il maniait les grosses scies comme un homme. Raoul le regardait faire parfois, quand il se rendait dans ce bout-là du moulin, porter des barreaux dans le camion de livraison. Raoul retournait ensuite dans son atelier où il triait les barreaux qui avaient été sciés. Il les classait selon différentes longueurs et les attachait solidement avec de la corde, prêts pour le transport.

Ted leur avait conté que, dès l'âge de 10 ans, il pompait l'eau d'un puits et faisait boire les chevaux qui se trouvaient au dépôt du vieux Charlie Langburn. À certains moments de l'année, Langburn pouvait héberger jusqu'à soixante chevaux, qui étaient arrivés de Gogama par le train et qui étaient descendus à River Valley en attendant de prendre la route à pied jusque dans les chantiers. Ted et ses amis venaient très tôt le matin, souvent en pleine noirceur, s'occuper des chevaux avant de se rendre à l'école.

Au moulin à scie Cockburn, Raoul s'installa vite dans la routine du camp. Il avait encore une fois choisi une couchette du haut et il dormait en paix. Son voisin d'en dessous ronflait fort, mais ça ne le dérangeait pas du tout. Les bécosses étaient proches du dortoir, alors c'était bien pratique. Plus souvent qu'autrement, Raoul s'en servait tôt le matin, avant les autres. Les *washrooms* privés étaient parfaits aussi. Il rentrait dans un *washroom*, il fermait la porte et se lavait avant de commencer sa journée. Parfois, en fin de soirée, un gars disait :

— J'pense que j'vais aller arroser le coin de la galerie…

Et il s'en allait faire ses affaires d'un bord en riant de sa farce.

— J'pense, moé, que je vais aller arroser l'autre coin d'abord, disait Raoul en riant lui aussi.

Et il s'en allait faire ses affaires de l'autre bord.

Raoul avait bien ri avec les gars le soir où Doudou Ayotte avait surpris tout le monde à la fin du repas. Ce soir-là, Doudou mangeait à la table d'honneur avec les propriétaires du moulin. Comme toujours, le repas se prenait en silence mais, vers la fin, on entendit cogner fort à la table d'honneur. Tout le monde arrêta de manger pour voir ce qui se passait. Doudou se leva alors en frappant sur sa tasse de métal avec sa cuiller et, pour s'assurer que tous les hommes le voient bien, il s'était mis debout sur son banc.

— Les hommes, on va avoir un meeting sur la sécurité tout de suite à soir. À partir d'aujourd'hui, y va falloir faire bien attention à votre galette. Ça peut être dangereux. Hier soir, y en a un qui s'est cassé une dent dans bouche. Le p'tit docteur Patenaude va être obligé de monter au camp pour y arracher ce qui reste.

Doudou exhiba sa galette et la lança de toutes ses

forces sur le plancher, où elle roula au lieu de casser. Les gars riaient fort, mais ils savaient que Doudou avait raison. La seule façon de manger la maudite galette qu'ils avaient eue le soir précédent, c'était de la faire tremper dans le thé. Un des gars n'avait pas attendu assez longtemps avant de la croquer, et il s'était cassé une dent. La démonstration de Doudou et l'assentiment général qui l'accompagna dans la salle amenèrent un changement immédiat dans la cuisine. Cockburn congédia, sur-le-champ, le cuisinier incompétent. Doudou n'avait pas manqué son coup. Le lendemain, le cuisinier Gorman arrivait de Sturgeon Falls avec sa fille Kathleen. Le pire cuisinier venait d'être remplacé par le meilleur de toute la région.

⋮

Au village, on aurait dit que les choses changeaient toujours un peu, qu'il y avait du nouveau chaque fois que Raoul s'y rendait. C'était maintenant le jeune Hector Giroux qui était propriétaire du magasin de son père. Il s'était marié pendant l'été avec Denise Lafrenière, la fille du comptable. Raoul la connaissait déjà parce qu'il la voyait dans le magasin. Une belle jeune fille avec un teint de porcelaine, de beaux traits fins et, surtout, un regard intelligent.

— Monsieur Denonville, avez-vous su que je me suis marié?, lui demanda Hector

— Oui. Mes félicitations, Hector. T'as bien choisi.

— J'ai pris la plus belle, comme dit la chanson.

— Oui, j'en doute pas. Elle aussi, elle a fait un bon choix, j'pense.

Quelques mois plus tard, c'était au tour du bureau de poste de changer de main. La vieille madame Roberts cédait sa place à sa voisine, madame Descoteaux. Les gens étaient heureux du changement, parce que Marguerite avait toujours le sourire avec les clients.

— Bonjour, monsieur Denonville. On va regarder si vous avez reçu de quoi.

— Bonjour, madame Descoteaux. Bien aimable.

— Hum, on dirait que vous avez rien reçu, mais c'est toujours une bonne idée d'arrêter en passant, même si on pense qu'on attend rien. Avez-vous quelque chose à poster aujourd'hui?

— Non, pas aujourd'hui.

— Je vous demandais ça parce que j'ai su que le prix des timbres va augmenter bientôt. Ça pourrait monter à six cennes.

— Six cennes pour un timbre? Le gouvernement doit avoir besoin d'argent, madame Descoteaux.

— Tout le monde m'appelle Marguerite, monsieur Denonville.

— Moi, je vais vous appeler madame Marguerite, si vous voulez.

— Oui, merci, j'aime ça. Ça fait spécial.

Marguerite avait bien remarqué que Raoul avait l'air différent des hommes de son âge. Évidemment, il n'était pas costaud ni barbu comme les autres, et il portait toujours un gros sac sur son dos courbé. C'était connu dans le village qu'il n'était pas marié non plus et vivait dans un endroit isolé, une vieille cabane de trappeur de l'autre côté de la rivière Temagami. Mais, la plus grande différence entre lui et les autres, c'était probablement ce qu'elle avait appris en devenant maîtresse de poste. Monsieur Denonville savait lire et écrire. Peu d'hommes de la région, nés avant 1900, étaient allés à l'école. Ils avaient tous grandi dans les camps de bûcherons plutôt que sur les bancs d'école. Raoul semblait éduqué, même s'il n'essayait pas de le montrer. Marguerite appréciait ses petites visites et elle espérait toujours pouvoir lui remettre du courrier ou un de ses abonnements. Quand il recevait un livre ou un *Reader's Digest*, elle aimait bien le voir sourire sous sa casquette.

⋮

Le village de River Valley n'avait jamais eu de service de protection contre les incendies et, chaque année, on voyait partir en flammes et réduire en cendres un magasin par ci, une résidence par là. En 1952, c'est l'église du village qui fut la proie des flammes. Une perte totale qui ébranla les paroissiens et testa la résilience du père Bradley. Dans l'attente d'une nouvelle église, la salle paroissiale devint alors la chapelle temporaire. Le père Bradley raconta plus tard, lors d'une partie de chasse, une anecdote qui l'avait bien fait rire.

— Un jour, arrive une auto dans le village. Les occupants tournaient en rond. Ils cherchaient l'église mais ils la voyaient nulle part parce qu'elle avait brûlé. Pas loin du magasin général, ils rencontrent un homme habillé comme un fermier et lui demandent où est-ce qu'ils pourraient trouver l'église. Là, le supposé fermier leur répond je m'en vais par là, si vous voulez me suivre. C'était drôle de voir leur expression quand je leur ai dit finalement que c'était moi le curé.

Pendant que le père Bradley pensait à reconstruire l'église, une petite maison prenait forme sur le terrain de Charlie Langburn. Patrick Léger et son épouse, qu'il appelait maintenant Jene, devaient s'y installer bientôt avec leurs trois jeunes enfants. Depuis son arrivée, Jene s'était toujours sentie très proche de Charlie. Quand elle le voyait se diriger vers son logis, elle disait à ses enfants,

— *Come and see, my dears. Quick! Here comes the sunshine.*

Charlie arrivait immanquablement chez eux avec un sourire et de bonnes nouvelles. Le mois précédent, il avait invité Patrick à s'installer avec sa femme et ses enfants dans une petite maison qu'il voulait leur bâtir sur son terrain, voisin de la sienne. La jeune famille habitait depuis trois ans dans un logis misérable, après avoir vécu sous le toit des parents de Patrick pendant les deux premières années de leur mariage.

Aujourd'hui, Charlie leur préparait une maison bien à eux et ils seraient voisins. Pour Jene, c'était le plus beau cadeau imaginable. Une maison à eux, c'était comme un rêve! Ce Charlie était leur protecteur et leur ami. Sa générosité n'avait pas de bornes quand il s'agissait de les aider. C'était bien connu dans le village. Mais ce que les gens de River Valley ignoraient, c'était que le vieux Charlie faisait régulièrement des dons considérables à la paroisse. À l'hôtel Golden Rose, on l'entendait souvent dire en farce:

— *Ah, you RCs[5], you're all the same. You think you're better than us Protestants. But who knows for sure?*

Charlie, c'était Charlie. Tout le monde l'aimait, et personne ne s'offensait de ses propos lancés comme ça, sur un ton amical, alors qu'il prenait une petite bière avec ses amis catholiques.

— Ça prend bin un vieil Anglais carré pour dire une chose pareille, hein les gars?!

⋮

Maurice était dans la grange chez son oncle Francis, avec son cousin Roger qui était du même âge. Les petits gars faisaient semblant de s'occuper, mais ils écoutaient parler leurs pères et ils comprenaient bien de qui il était question, même si on ne le nommait pas.

— Tu veux le traiter comme un homme parce qu'y s'présente comme un homme, mais y a bin du monde qui doute, Francis.

— Moé, j'sais qu'y en a des gars du village qui ont couché dans la même cabane que lui dans les chantiers, et y a personne qui a jamais rien vu d'anormal.

— Moé, j'suis bin proche certain qu'y a quelque

---

[5] RCs. En anglais, Roman Catholics.

chose de différent mais j'voudrais pas l'offenser, comme de raison.

— C'est quasiment mon voisin, Philippe, pis ma Germaine apprécie toujours ses p'tites visites. Moé aussi. Pis les enfants le trouvent bin fin. C'est un homme poli qu'y a jamais été grossier avec personne. Y est pas efféminé non plus dans ses manières.

— Non, c'est juste son apparence. Ça m'a l'air plus d'une vieille femme que d'un vieux bonhomme. Mais, jamais je voudrais l'offenser. Moé aussi, j'ai du respect pour lui.

Maurice avait déjà entendu ses parents en parler, un soir avant qu'il monte se coucher. Dans la journée, Raoul était venu chez eux porter ses fourrures pour l'encan et il avait pris une tasse de thé avant de repartir. Philippe disait à Exilda que Raoul avait l'air d'une vieille femme. Exilda était d'accord avec son mari que les mains de Raoul étaient bien petites, sa peau bien lisse et qu'il était imberbe. Mais, ça ne prouvait pas que c'était une femme.

— Mais, voyons don', Philippe, y peut pas être des deux sexes non plus. Tout le monde sait bin que c'est pas possible une affaire comme ça. Quand un enfant vient au monde, on sait tu-suite si c'est un p'tit gars ou une p'tite fille.

Maurice jonglait à tout ce qu'il avait entendu dans les conversations entre adultes et il se demandait comment ça pourrait être une femme. Faudrait que ce soit une femme infirme de l'estomac – comme on désignait à l'époque la poitrine des femmes –, parce qu'on n'en voyait pas. Les femmes avaient toujours un gros estomac, comme il l'avait remarqué. Sa tante Germaine était une grosse femme alors elle en avait un très gros. Sa mère n'était pas une grosse femme mais elle avait, elle aussi, un gros estomac. Mais pas monsieur Denonville, c'est sûr. Maurice avait de petits doutes quand même, parce que son père en parlait et son père était un homme qui ne parlait pas pour rien.

⋮

La première fois que Raoul entendit la musique du père Bradley, c'était à la fin de décembre, en 1953. Il sortait de sa bécosse et s'apprêtait justement à entrer dans sa cabane quand un bruit étrange le surprit. C'était de la musique, mais ça ne venait pas de chez Boisvenue et ce n'était pas du violon. On aurait dit que ça venait de loin et ça ressemblait à quelque chose qu'il avait entendu une fois, quand il se trouvait au magasin général. Hector appelait ça un disque. À partir de ce jour-là, Raoul entendit de temps en temps jouer cette belle musique. Ce n'était pas désagréable du tout et il s'attardait parfois dehors, simplement pour l'écouter pendant un certain temps. On aurait dit un grand concert. Il apprit plus tard que le père Bradley avait « patenté » lui-même un système de haut-parleurs dans le clocher du couvent, et qu'il faisait jouer de la musique qu'il diffusait partout dans le village.

Le père Bradley aurait pu être ingénieur ou architecte s'il n'avait pas choisi de consacrer sa vie à la prêtrise. Mais sa vocation religieuse ne l'empêchait pas de se servir de tous ses talents pour le bien de ses paroissiens. C'est en regardant les jeunes de la paroisse s'amuser sur la patinoire qu'une idée avait germé en lui. Pourquoi ne pas prendre avantage de l'électricité et de la nouvelle invention des tourne-disques pour projeter le son assez loin et assez fort pour que tout le monde l'entende. Son système faisait le bonheur des résidents. Les jeunes venaient de plus en plus nombreux pour patiner, bras dessus, bras dessous. Ted Legault chaussait ses patins dès qu'il en avait la chance et venait patiner avec sa blonde, la belle Florence Goulard. Plusieurs couples se formèrent et les amours s'épanouirent au son des grandes valses de Strauss.

Fort de son succès, le père Bradley commença à

Raoul Denonville photographié par le père Walter Bradley, seule photographie qui ait été prise de lui.

Cabane de trappeur de Raoul Denonville, située au nord de River Valley sur le bord de la rivière Temagami. Photographie de Wayne LeBelle (Source : *North Bay Nugget*, une division de Postmedia Network Inc.).

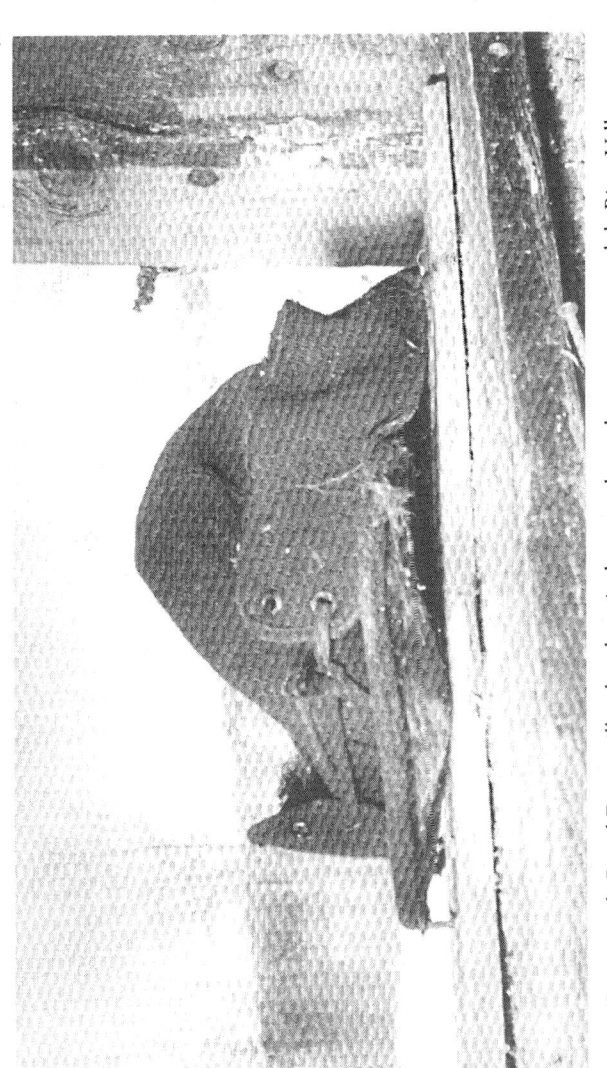

Casquette de Raoul Denonville, abandonnée dans sa cabane de trappeur au nord de River Valley. Photographie de Wayne LeBelle (Source : *North Bay Nugget*, une division de Postmedia Network Inc.).

Table de travail dans la cabane de trappeur de Raoul Denonville au nord de River Valley. Photographie de Wayne LeBelle (Source : *North Bay Nugget*, une division de Postmedia Network Inc.).

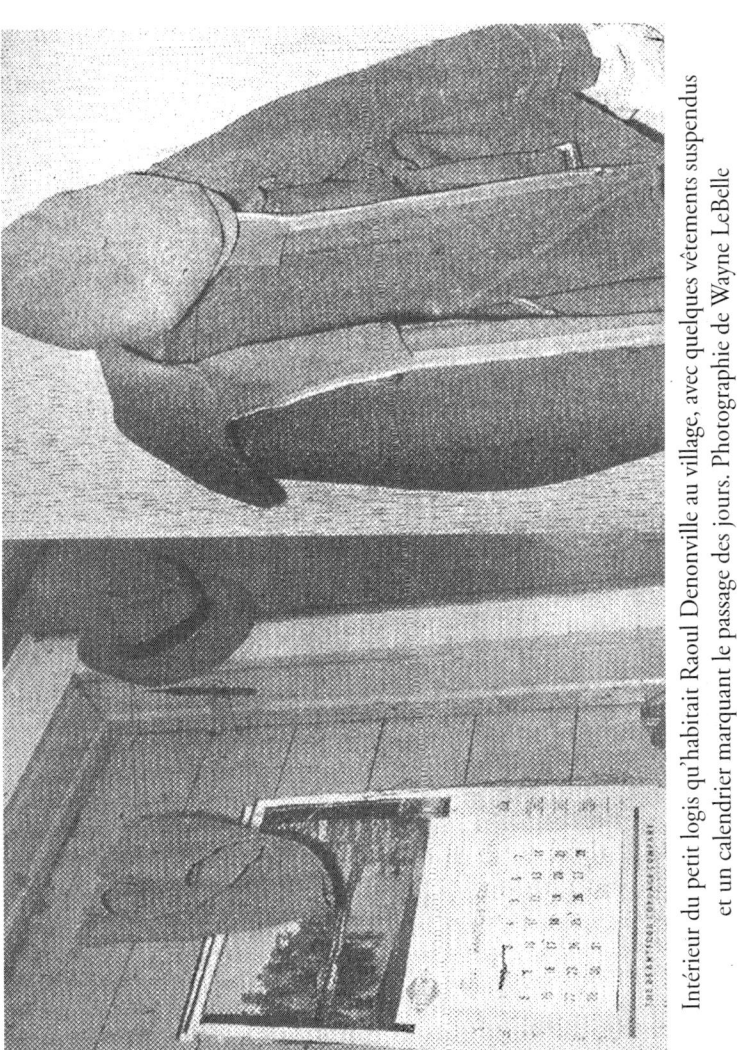

Intérieur du petit logis qu'habitait Raoul Denonville au village, avec quelques vêtements suspendus et un calendrier marquant le passage des jours. Photographie de Wayne LeBelle (Source: *North Bay Nugget*, une division de Postmedia Network Inc.).

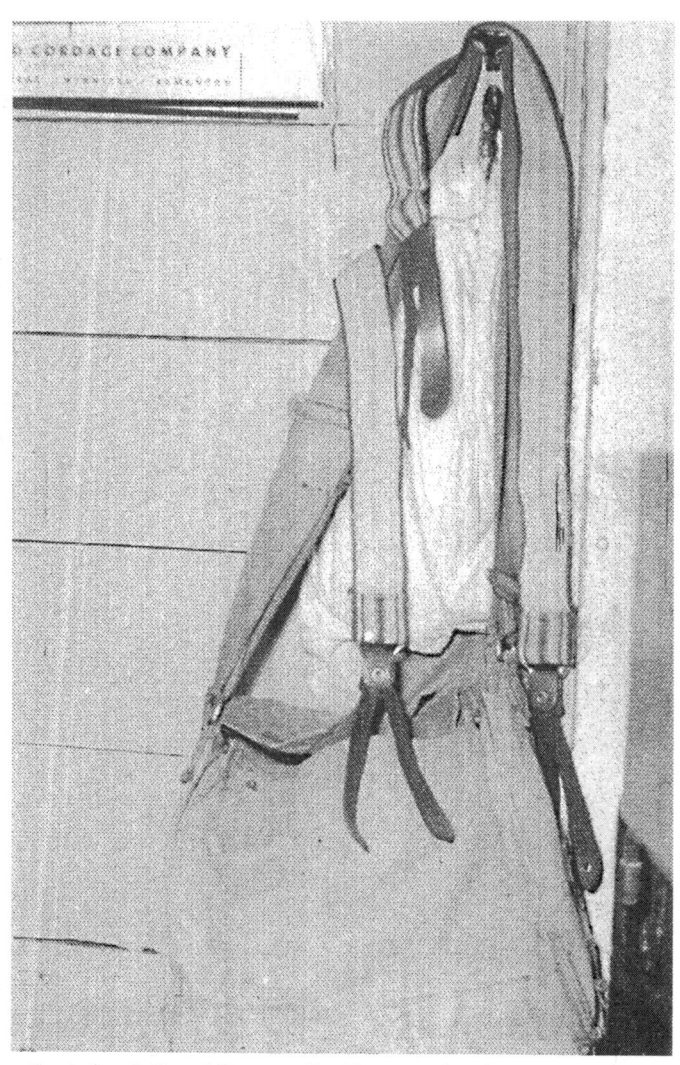

Sac à dos de Raoul Denonville. Photographie de Wayne LeBelle (Source: *North Bay Nugget*, une division de Postmedia Network Inc.).

Chemin Dennonville [*sic*] menant à la cabane de trappeur de Raoul Denonville située au nord de River Valley. Photographie de Claire Ménard-Roussy.

Pierre tombale de Raoul Denonville
dans le cimetière de River Valley.
Photographie de Claire Ménard-Roussy.

penser que le système de haut-parleurs pourrait rejoindre les paroissiens qui demeuraient dans les rangs, en dehors du village. Le système pourrait également servir, au besoin, pour communiquer des annonces importantes. C'est ainsi que Raoul entendait de temps en temps la voix du père Bradley, qui avertissait ses paroissiens lorsque des Témoins de Jéhovah s'aventuraient dans la paroisse.

⋮

Raoul avait toujours pris soin de garder son argent bien au sec et en sécurité dans une boîte de métal camouflée quelque part sur sa ligne de trappe. Mais les billets s'accumulaient d'année en année parce qu'il n'en dépensait pas beaucoup pour ses besoins. Il eut une idée. Il lui faudrait en parler à Hector Giroux. Raoul sentait qu'il pouvait se fier à Hector. Le magasin général disposait souvent de montants d'argent assez considérables, parce que les bûcherons venaient y encaisser leurs chèques en descendant des chantiers. C'était un peu comme leur banque. Raoul lui-même l'avait souvent fait et ça se passait toujours en privé. Hector avait un petit bureau discret, à l'arrière du magasin, où les transactions d'affaires avaient lieu.

— Hector, fais-moi donc venir un bill de mille.

— Un bill[6] de mille… Certainement, c'est pas un problème, monsieur Denonville. J'pourrais vous avoir ça mardi prochain, si ça fait votre affaire.

— Oui, mardi serait bon. Je pourrais repasser. Je viendrai chercher ça, pis j'apporterai ce qu'y faut.

— Alors, c'est bin parfait, monsieur Denonville. Je l'écrirai même pas, je vais m'en rappeler.

— C'est encore mieux comme ça, Hector. Bon, j'cré bin que je vais passer voir ton boucher, là, avant de m'en retourner. Un peu de lard salé, ça f'rait bin mon affaire puis peut-être du bon baloney aussi.

⋮

Maurice fut surpris d'apercevoir un chien à côté de la cabane de Raoul parce qu'il ne s'était jamais imaginé que celui-ci pouvait avoir un chien. Personne n'en avait jamais parlé devant lui. C'était un beau border collie noir, avec des taches brunes. Un chien doux, à ce qu'il paraissait, et Maurice en profita pour le flatter en demandant à Raoul comment il s'appelait.

— C'est un bon chien. Fait que… je l'appelle Bon Chien. Y vient de chez Adélard Bastien. C'est lui qui me l'a donné.

---

[6] Bill. Un billet de banque.

— Ça doit être pratique pour trapper.

— Non, j'm'en sers pas pour trapper. C'est plutôt une compagnie. J'pense bin que c'est la première fois que tu viens à mon *shack*, Maurice. Rentre un peu. J'ai pas souvent d'la visite, mais j'ai toujours bin une chaise à t'offrir.

— Merci. J'suis v'nu ouère pour le trappage comme de raison. Mon père m'a dit qu'y était temps que j'commence à installer mes pièges à moé et pis y m'a dit que vous en avez de trop. Fait que j'suis v'nu les chercher si vous voulez encore vous en débarrasser.

— C'est vrai, j'ai dit ça à ton père quand je l'ai vu au printemps. J'ai commencé à diminuer un peu sur ma trapline. Depuis un an, j'monte juste un peu plus haut que le camp de chasse du père Bradley. C'est déjà assez loin à marcher, partir de ma cabane jusqu'au Martin Creek. J'suis moins jeune qu'avant, tu comprends.

— C'est pas du terrain facile non plus, monsieur Denonville.

Pendant que Raoul commençait à décrocher les pièges à pattes qu'il voulait donner au jeune Maurice, celui-ci regardait discrètement autour de lui. La cabane était plus petite qu'il s'était imaginé et plutôt sombre, même par une journée ensoleillée comme aujourd'hui. Dans un coin, il y avait un petit lit simple avec un matelas qui ne devait pas être trop confortable. Au centre de la cabane il y avait un poêle en fonte de vingt-huit pouces à peu près, avec une vieille marmite dessus. La vapeur qui s'en échappait ne sentait rien, probablement que c'était juste de l'eau qui chauffait. Sur la table se trouvaient deux lampes à l'huile plutôt qu'une, ce qui surprit Maurice. Mais pas autant que la pile de livres par terre, dans un coin de la pièce. Probablement que c'était des livres de trappeurs. Maurice s'imagina qu'un jour, peut-être, il viendrait les chercher quand monsieur Denonville aurait laissé sa ligne de trappe et n'en aurait plus besoin.

⋮

Raoul s'entendait très bien avec Francis et Germaine, malgré la grande différence d'âge, et une belle familiarité s'était installée depuis quelques années. Chaque premier samedi du mois, quand Francis sortait son clipper à main pour couper les cheveux de ses six petits garçons, il disait à Raoul «qu'un de plus ou de moins, ça faisait pas une grosse différence». Pourquoi aller au village, dépenser 30 cennes pour rien, quand on pouvait faire ça dans la maison, «sans que ça dérange personne». Raoul se faisait toujours prier un peu, même si on savait bien qu'il était venu pour ça. Il affichait une petite gêne, mais il finissait par enlever sa casquette et se faire raser le chignon, sans sourciller, même quand ça tirait un peu. Francis terminait le dessus de la tête avec des ciseaux qu'il maniait assez habilement. Sitôt le travail terminé, Raoul s'empressait de remettre sa casquette préférée, en remerciant son ami pour ce service bien apprécié. C'était le seul temps où on pouvait voir le dessus de la tête de Raoul. Après son départ, on faisait des farces, en se disant qu'il faudrait aller l'espionner dans sa cabane pour savoir s'il gardait sa casquette même pour dormir.

Quand venait le temps de faire les foins, au mois de juin, Raoul aimait voir Francis faucher ses champs à l'aide de ses deux chevaux. C'était commun comme façon de faire chez tous les voisins, mais c'était beau à voir. Le foin était mis en ballots à sécher au soleil, dans le champ. Raoul venait toujours aider quand c'était le temps de ramasser le foin, de l'engranger. Parfois, d'autres voisins se présentaient et participaient au travail. Une année, Maurice était venu avec son père aider son oncle Francis. Tout en travaillant, il ne pouvait s'empêcher d'observer la façon de faire de Raoul.

— J'trouvais ça drôle M'man, comment y plaçait le foin su'a wagine. Y l'pitchait jamais, comme les autres gars. Y l'plaçait là, tout' comme y faut, avec sa fourche à foin. J'avais le goût de rire. Roger pis Raymond avaient l'air de trouver ça drôle eux aut' itou.

— J'espère bin, Maurice, que vous avez pas ri de lui. Y faisait son possible. C'est un p'tit vieux. Peut-être qu'y a mal dans l'dos à son âge.

— Non, M'man, on a pas fait' ouère de rien. On a pas manqué de politesse.

⋮

Raoul avait été invité à souper avec la famille de Francis un samedi du mois d'octobre. C'est Germaine qui avait eu l'idée de l'inclure, parce qu'elle faisait cuire un gros jambon – et elle savait que Raoul n'en mangeait pas souvent –, avec des patates pilées et des carottes de leur caveau. Comme dessert, elle avait préparé une de ses spécialités, un gâteau à la citrouille. Après le repas, avant que la vaisselle soit toute ramassée et que la soirée commence, Francis et Raoul jasaient au bout de la grande table.

— C'est pas souvent que je me rends à Sturgeon Falls, mais j'ai affaire à y aller la semaine prochaine, le vendredi. Si ça vous tente de faire un tour, vous pouvez monter avec moé. Ça me fera de la compagnie.

— Sturgeon Falls… je pense pas que j'aurais rien à faire là, mais j'prendrais un tour pour me rendre à Field.

— Ah oui?

— Oui, j'aurais affaire à Field.

— Bin, c'est bin certain. Je pourrais vous laisser en passant là. Je reviendrais dans à peu près deux heures, fait que j'pourrais vous ramasser en r'passant à Field. Ça sera bin correc… Bon bin, là, j'vais aller chercher mon instrument pour accorder les enfants. On va se faire une belle veillée.

Raoul participa à la veillée du samedi soir chez Francis et Germaine en racontant quelques petites farces qui ont fait rire la maîtresse de la maison puis en tapant doucement sur la table pour battre le rythme pendant que Francis et les grands de la maison jouaient des reels et des gigues. Raymond, qui venait de fêter ses dix-huit ans, jouait de la guitare. Il le faisait très bien et c'était un bel ajout à l'orchestre familial. Germaine, fière de ses enfants, rayonnait de joie.

⋮

Le vendredi suivant, tel que convenu, Raoul monta dans le camion de Francis pour se rendre à Field. Il descendit en face de la boulangerie et y entra, le temps que Francis reprenne la route, puis il se rendit sans tarder au bureau du Dr Nicol Patenaude. Une fois dans la salle d'attente du jeune médecin, il se demandait s'il avait bien fait de venir ici. Peut-être que la visite lui vaudrait plus de mal que de bien. Le temps passait, quelques patients étaient là avant lui et il n'était pas certain qu'il serait sorti à temps pour rejoindre Francis près du pont, à l'heure convenue. Il faillit se lever et sortir de la salle d'attente par deux fois mais, avant longtemps, le jeune médecin le fit entrer dans son cabinet de consultation.

— Bonjour, qu'est-ce qui vous amène aujourd'hui?

— Bonjour docteur, je m'appelle Raoul Denonville. J'viens de River Valley.

— De la paroisse du père Bradley, oui.

— J'suis pas pratiquant, j'aime autant l'dire tout de suite.

— C'est bien, c'est bien. On n'est pas ici pour parler de religion. Qu'est-ce que je peux faire pour vous aujourd'hui, monsieur…?

— Denonville. J'aurais besoin des p'tites pilules pour le cœur. J'ai des battements. Des fois ça me fait mal, ça m'étouffe un peu.

— Bon, j'vais vous examiner. Enlevez votre veste puis détachez votre chemise.

— J'aimerais mieux juste avoir les pilules. C'est pas nécessaire de m'examiner.

— Monsieur Denonville, je ne peux pas vous donner de pilules sans écouter votre cœur et vos poumons pour voir si c'est bien là le problème.

— Bon, si c'est comme ça, j'pense que je vais laisser faire. Merci quand même.

— Monsieur Denonville, j'aimerais vous aider… mais il va falloir vous fier à moi. Mes patients ont droit à ma discrétion. Une discrétion absolue. Je peux vous assurer qu'en tant que médecin, je suis ici pour vous aider. Mon seul intérêt, comme médecin, c'est la santé de mes patients.

Raoul rencontra Francis près du pont à trois heures. Il avait, dans sa veste, deux sortes de petites pilules. Sur le chemin du retour, il semblait un peu plus tranquille que d'habitude, mais Francis remplit le vide en lui racontant ce qu'il était allé faire à l'Esturgeon[7].

⋮

---

[7] Esturgeon, ou Chutes à l'esturgeon : noms français que les anciens utilisaient pour désigner Sturgeon Falls.

Raoul avait appris qu'un nommé Dupras, qui demeurait non loin du village, avait un petit tracteur à vendre et pour pas très cher non plus. Le tracteur avait dix ans de service et Dupras venait de s'en acheter un meilleur, un peu plus gros. Raoul pensait à son affaire et il s'était laissé convaincre assez facilement par Francis.

— À votre âge, les trois milles pour aller au village avec un packsack su'l'dos, c'est dur. À votre place, je m'paierais ce p'tit tracteur-là. C'est un Ford, pis c'est une bonne marque, ça. C'est fiable, vous auriez pas de trouble avec ça.

— Hector est toujours bin bon, y vient me r'conduire avec mes provisions. Y m'amène jusqu'au champ, puis j'ai pas de misère à faire le reste du chemin.

— Oui, j'sais qu'Hector est bon, y ramène toujours ses clients avec leu' provisions, mais vous pourriez aller en ville plus souvent pis vous auriez pas besoin de marcher ni pour aller ni pour rev'nir.

— Faudrait que j'apprenne à conduire puis que j'achète du gaz. Ça coûte-tu cher de nos jours, acheter du gaz ?

— C'est vingt-cinq cennes le gallon. Mais un tracteur ça coûte pas bin cher en gaz. Puis, je vais vous montrer à conduire ça, moé, c'est bin facile.

Mes trois plus vieux savent déjà comment. Vous allez ouère, c'est facile.

⋮

Au long des années 1950, l'électricité avait été installée dans presque toutes les maisons de River Valley. Les appareils ménagers électriques avaient suivi. Puis ce fut au tour du divertissement de se transformer. On écoutait maintenant la radio, on faisait jouer des disques sur les tourne-disques. Les chanteurs américains avaient la cote sur les postes anglais de radio et on sortait de moins en moins les cahiers de *La Bonne Chanson*. Les soirées se passaient au salon, assis devant la télévision. Ceux qui ne s'étaient pas encore acheté un téléviseur se rendaient voir leurs émissions préférées chez les voisins.

Mais, à l'époque, rien ne pouvait rivaliser avec la popularité d'Elvis Presley. Son nom était sur toutes les lèvres, les filles le trouvaient irrésistible et les garçons se coiffaient comme lui à grands renforts de Brylcreem. Lorsqu'il fut enfin présenté aux téléspectateurs le dimanche soir du 9 septembre 1956, au *Ed Sullivan Show*, de jeunes filles en délire s'évanouirent dans la salle. Soixante millions de téléspectateurs étaient au rendez-vous ce soir-là pour admirer ce jeune homme charismatique qui ensorcelait la jeunesse avec sa voix singulière, ses poses suggestives et son rock'n'roll endiablé. À partir de ce soir inoubliable, dans toutes les salles de danse, on réclamait *Heartbreak Hotel* et *Jailhouse Rock*. Les soirées se terminaient souvent sur une des ballades d'Elvis, *My Happiness*.

⋮

Par un beau soir de mai, Maurice était chez lui à pratiquer son violon en attendant que Raymond le rejoigne avec sa guitare. C'était un vendredi soir, et quand arrivait la fin de semaine, rien ne leur plaisait davantage que de se retrouver entre cousins à faire de la musique ensemble. Mais, ce vendredi-là, Raymond tardait. Et tardait encore. Le choc fut terrible quand Maurice apprit que Raymond s'était noyé dans la journée en faisant la drave. La date du 19 mai 1958 allait le hanter pour toujours. Elle resterait gravée dans son cœur aussi profondément que sur la pierre tombale au cimetière.

Raoul se rendit chez Francis et Germaine dès que Boisvenue lui apprit la terrible nouvelle de la noyade de leur fils. Comment faire? Que dire? Il n'y avait pas de mots pour exprimer son chagrin, mais il venait, par sa présence, partager la peine de ses grands amis. Le père Bradley était là, à leur côté, leur parlant doucement et il échangea un signe de tête avec Raoul quand il le vit entrer, les mains dans les poches. Philippe et Exilda avaient déjà pris les choses en main. Ils s'occupaient des quatorze autres enfants qui pleuraient dans la maison et, plus tard, ils verraient aux animaux qu'il faudrait soigner. La famille élargie de Francis et Germaine se ralliait autour d'eux pour les soutenir pendant cette période noire, la pire imaginable pour des parents. Leur fils Raymond, âgé d'à peine dix-huit ans, venait de disparaître sous les billots, dans l'eau glacée de la rivière Sturgeon.

5- « Raoul, tu me caches quelque chose »

Plusieurs des projets du père Bradley portaient fruit au fil des années. Les arbres poussaient bien le long de la rue St-Joseph; les grandes valses de Strauss sur la patinoire réchauffaient les couples amoureux pendant l'hiver et en conduisaient plus d'un à l'autel, quelques mois plus tard; le nombre de mariages allait croissant dans la paroisse et, plus souvent qu'autrement, on venait faire baptiser l'été suivant. Les Canadiens français poursuivaient l'œuvre de colonisation lancée par le père Paradis au tournant du siècle.

Le père Bradley disait parfois à son bon ami, le docteur Nicol Patenaude, qu'il faisait tout en son pouvoir pour lui envoyer de la clientèle. En effet, le docteur Patenaude ne fournissait pas aux nombreux accouchements. Heureusement que son épouse, Andrée, était une infirmière diplômée. Elle s'occupait souvent d'une naissance à Field pendant que son époux se rendait d'urgence à River Valley ou à Crystal Falls pour accoucher une autre patiente.

Depuis son arrivée à Field en 1948, le jeune docteur avait vu l'intérieur de nombreux foyers. Il avait été témoin de situations difficiles mais, toujours, il apportait son soutien de manière professionnelle, peu importe les conditions dans lesquelles il devait travailler. Il avait accouché une patiente, un soir, pendant que la pluie lui coulait sur le dos, dans la chambre à coucher. La scène désolante l'avait hanté sur le chemin du retour, mais il n'en avait pas dit un mot en arrivant à la maison.

⋮

Raoul n'avait pas reparlé au jeune Ted Legault depuis le chantier Cockburn, sept ans plus tôt, même s'il l'avait salué de la main en le croisant au village. Il fut agréablement surpris de s'entendre interpeler en pleine rue par une voix amicale et se voir offrir une poignée de main chaleureuse.

— Bonjour, bonjour, monsieur Denonville. Ça va bin?

— Ça va bin, Ted. De ton bord aussi?

— Ça pourrait pas aller mieux, monsieur Denonville. J'me suis marié le 30 de juin, avec

Florence Goulard. Vous la connaissez peut-être. Elle a déjà travaillé comme cuisinière à l'hôtel Golden Rose, pendant les étés. Non, ça vous dit rien ? En tout cas... Là, depuis qu'on est mariés, on reste dans c'te maison-là, juste en face de ses parents.

— Bravo. Félicitations, Ted.

— Là, est rendue maîtresse d'école asteure, ma femme, pis j'suis pas mal certain que c'est la meilleure. En tout cas, j'peux vous dire que c'est la plus belle.

— J'en doute pas. T'es bin chanceux. Travailles-tu encore dans les chantiers ?

— Ouais, pis dans les moulins à scie. Pis j'fais la drave aussi. J'ai su qu'est-cé qui est arrivé au jeune Giroux au mois de mai. Bin trop jeune pour mourir, mais c'est pas le premier, pis mon idée que ça sera pas le dernier non plus. C'est dangereux en bas de la Goose Fall, su'a rivière Sturgeon. C'est bin triste... Bon bin, ma p'tite femme m'attend. Ça fait que... à prochaine, monsieur Denonville.

— Ouain, à prochaine, Ted.

⋮

Depuis le début du printemps 1958, le père Bradley mijotait un autre projet ambitieux. Si les jeunes appréciaient tellement la patinoire l'hiver, se disait-il, ce devait être signe qu'ils cherchaient des activités intéressantes à faire au village. Il faudrait peut-être leur fournir une activité agréable pendant l'été? Après quelques semaines de réflexion, une idée lui vint alors qu'il regardait fondre la glace sur la patinoire. Pourquoi ne pas doter le village de River Valley d'une piscine? Hé oui! une belle grande piscine, en plein cœur du village. Pourquoi pas?

Après la messe du dimanche, il invita les hommes de la paroisse à se rassembler dehors pour l'écouter.

— Les hommes, je propose de creuser une piscine pour nos jeunes. Je suis convaincu qu'on est capables de le faire si tout le monde donne un coup de main. On va d'abord creuser, puis ensuite, on va la couler tout en béton. Ça va être vraiment beau, vous allez voir, puis ça va être durable. On a l'endroit idéal… juste à côté de la patinoire. On pourrait aller regarder ça ensemble tout de suite, si vous voulez. Puis on pourrait commencer à mettre les piquets la fin de semaine prochaine. Qu'est-ce que vous en pensez?

La semaine suivante, le gros bulldozer d'Albert J. Giroux était déjà au travail. Les enfants d'école couraient voir les progrès à chaque récréation. Le père Bradley leur avait dit qu'ils auraient une belle piscine «olympique», mais personne ne comprenait vraiment ce que ça voulait dire. Pour l'instant, les enfants voyaient un gros trou se creuser dans la cour voisine de l'école et c'était déjà excitant. Ça grouillait de monde et d'activité.

Après le bulldozer, ce fut au tour du grand malaxeur de ciment. Le père Bradley l'avait obtenu, gracieuseté de Don Cockburn qui avait son chantier en haut de River Valley. Les hommes du village se relayaient pour mettre des poches de ciment dans le malaxeur, auxquelles ils ajoutaient des pelletées de gravois et de l'eau. Les enfants apprirent que ce qui sortait du malaxeur s'appelait du béton. Les hommes l'étendaient avec grand soin, dans le fond et sur les côtés de ce grand trou rectangulaire.

L'étape suivante était celle de la peinture. Le père Bradley sachant toujours à qui s'adresser avait obtenu du ministère des Transports de l'Ontario une peinture spéciale, imperméable à l'eau. Un blanc éclatant recouvrait maintenant toutes les surfaces en béton et des lignes bleues, parfaitement droites, marquaient les couloirs de natation. L'eau pompée d'un puits artésien pour remplir ce bassin blanc était bleue, naturellement bleue. L'effet était spectaculaire. Il ne manquait plus que les trois plongeoirs, qui furent ajoutés la semaine suivante.

Aucun autre village dans toute la région ne pouvait se vanter d'avoir une piscine municipale, alors qu'à River Valley, on avait probablement la plus belle piscine de toute la province.

⋮

Raoul avait fait un petit détour pour voir ce qui se passait près de l'école. Le père Bradley, comme toujours, était au centre de tout le brouhaha et Raoul n'en fut pas surpris. Le curé connaissait tout le monde au village, participait à toutes les corvées, se mêlait de tout. C'était un homme hors de l'ordinaire. Quand il se rendait à la cabane de Raoul, il venait parler de trappage et de chasse, jamais de questions religieuses. Il s'informait toujours de sa santé aussi et il flattait Bon Chien avant de repartir.

Raoul réfléchissait à sa prochaine saison de trappage depuis quelque temps et il avait décidé de rapprocher ses pièges les uns des autres, afin d'avoir moins loin à marcher. Il espérait que ça lui éviterait, autant que possible, les nuits froides en forêt. Ces dernières années, il avait eu beau s'habiller plus chaudement et se faire un gros feu avant de s'installer pour la nuit, il ne parvenait plus à se protéger du froid, couché dans son petit abri. Alors que dans sa jeunesse, il avait toujours aimé dormir en pleine forêt, à soixante-sept ans, il préférait s'allonger au chaud, chez lui, dans sa cabane.

Se déplacer sur son terrain de trappe, chargé de fourrures et de tout son équipement, n'avait jamais été un problème dans son jeune temps non plus, mais dernièrement, cela exigeait plus d'efforts. Il fallait toujours avoir la hache à la main pour se frayer un chemin entre les arbres. Le terrain rocheux n'était pas facile à parcourir non plus, car il était loin d'être planche. Raoul se disait que, même s'il se limitait au secteur plus proche de sa cabane, il en tirerait suffisamment de revenu. Il irait probablement voir Hector au printemps, lui commander un autre billet de mille à coudre dans sa doublure.

⋮

Maurice Giroux était maintenant un trappeur reconnu à River Valley, presque autant que son père Philippe et ses oncles Francis et Pierre. Il avait trappé avec son père pendant trois ans et, dès l'année suivante, il avait obtenu sa propre ligne de trappe. Son terrain était énorme à comparer à celui de Raoul et se trouvait de l'autre côté de la rivière Temagami.

— J'aurai pas de misère à me rendre jusqu'au bout' de ma trapline c'te année, monsieur Denonville, parce que j'viens de m'acheter un ski-doo. C'est une nouvelle invention.

— Un ski-doo? Qu'est-cé que ça mange en hiver ça?

— Ça mange rien, mais ça boit du gaz, pareil comme un char pis un tracteur. C'est une belle machine qui va vite su'a neige, ça renfonce pas non plus. C'est encore mieux que des raquettes. Avec ça, j'vais pouvoir m'en r'venir plus vite, avec encore plus' de fourrures parce que j'aurai pas besoin de les écorcher dans le bois.

— Francis, vas-tu en acheter une, toé aussi, une machine comme ça?

— J'ai vu ça l'aut' jour, quand j'me suis rendu chez Philippe. C't'une bin belle p'tite machine, mais ça coûte cher. J'ai pas les moyens pour ça, avec une grosse famille à nourrir.

— J'ai payé six-cent-quatre-vingt-quinze piastres, monsieur Denonville, pis j'suis fier de dire que c'est tout' mon argent aussi. Pis j'suis le premier à River avec une machine comme ça. Y'en a juste une autre dans toute la région pis c'est un gars de Field qui l'a achetée en même temps que j'achetais la mienne. Un nommé Murphy. C'est des belles machines fiables, pis c'est fort.

— Ça doit être du Ford d'abord, si c'est fiable.

— Non, c'est Bombardier le nom de la compagnie. Ça vient du Québec. Mais, c'est bin solide, tout' fait' en acier. Pis y a des skis en-dessous. J'arrêterai vous le montrer quand j'passerai dans votre bout', si vous voulez.

— J'aimerais ça te voir là-dessus, Maurice. Gêne-toé pas. Tu viendras flatter Bon Chien.

Maurice Giroux avait été le premier à River Valley à se promener sur cet engin nouveau genre, qui marquait le début d'une révolution sur neige. L'invention de Joseph Armand Bombardier allait transformer le paysage canadien. Tout d'abord, ce furent les trappeurs comme Maurice, et les prospecteurs, comme les frères du père Bradley, qui s'achetèrent un ski-doo pour faciliter leurs déplacements en forêt et augmenter leurs profits. Mais, en quelques années à peine, la motoneige deviendrait le nouveau sport d'hiver des Canadiens, leur permettant de découvrir les grands espaces enneigés sans avoir à s'y rendre à pied.

⋮

À la fin de l'hiver, les rivières s'étaient remises à couler. Le temps de la drave s'annonçait à nouveau sur la Temagami et sur la Sturgeon. Malgré le danger toujours présent et les noyades du passé, il fallait bien que les billots descendent le cours des rivières, encore cette année, pour se rendre aux moulins. Le printemps 1959 allait toutefois être l'un des derniers où l'on verrait les hommes courir sur les billots. Le gouvernement ontarien avait annoncé que l'année 1961 serait la dernière pour le transport des billots par flottage. Chaque année, la drave bloquait la navigation sur les rivières et la qualité des cours d'eau se dégradait. Les fonds des cours d'eau s'encombraient de bran de scie, de débris de bois et de billots que l'on n'arrivait plus à récupérer.

Pendant près de cent ans, la drave avait représenté le seul moyen de sortir les billots coupés pendant l'hiver, de les transporter vers les moulins à scie au printemps. Aujourd'hui, le transport se faisait de plus en plus par camion. Pour Francis et Germaine, cette décision arrivait trop tard. Leur fils bien-aimé reposait au cimetière, avec d'autres victimes des chantiers et de la drave. Parmi ceux-là, il y en avait quelques-uns sans pierre tombale car on n'avait jamais pu les identifier. Il s'agissait d'inconnus, venus d'ailleurs pour travailler à la coupe du bois au début du siècle. Ils avaient perdu la vie ici avant même de toucher une première paie et on ignorait jusqu'à leur nom. Les familles n'avaient jamais pu être avisées de leur décès.

⋮

Quand Raoul arriva à la porte de la cuisine chez Germaine, il l'aperçut assise dans la berceuse, en train de s'éventer avec un grand morceau de papier journal plié sur la longueur. Normalement, elle aurait été en train de cuisiner, mais pas aujourd'hui. Cela lui arrivait de temps en temps depuis la mort de Raymond. Elle avait souvent l'esprit ailleurs.

— Je r'passerai quand Francis s'ra là. J'avais affaire à lui parler.

— Bin non, rentrez don', monsieur Denonville. Je pourrais vous offrir du thé mais j'en prendrai pas moé-même, parce que j'ai trop chaud. J'sais pas comment vous faites pour endurer votre grosse veste par-dessus votre chemise. Même par une journée comme aujourd'hui! On crève de chaleur. J'ai chaud rien qu'à vous regarder. Enlevez don' ça, même si c'est juste pour me faire plaisir.

— Ça doit être l'habitude. J'l'enlève jamais. Mais vous, vous avez l'air de souffrir de la chaleur aujourd'hui, plus' que d'habitude.

— C'est des affaires de femmes. D'habitude, on parle pas de ça.

— J'comprends... Comme on dit, ça doit êt' l'âge des chaleurs... J'connais quelque chose de bon qui peut aider à diminuer les chaleurs. J'vais vous préparer ça aujourd'hui puis, demain, j'vous en apporterai. Je viendrai voir Francis en même temps. En attendant, buvez de l'eau, buvez-en souvent.

Le lendemain, tel que promis, Raoul arriva avec une grande cruche contenant une tisane à base de framboises. Germaine suivit ses conseils et elle raconta plus tard à Denise Giroux, en faisant ses achats au magasin général, que le remède avait aidé à diminuer ses chaleurs. Elle en prenait trois fois par jour, comme Raoul le lui avait conseillé. Il devait lui en apporter d'autre au courant de la semaine, disait-elle, et c'était agréable au goût en plus d'être efficace.

⋮

Charlie Langburn venait souvent faire des visites chez ses jeunes voisins. Jene ne manquait jamais de lui offrir du Irish stew quand elle en préparait pour sa famille. Ça sentait toujours le bon bouillon dans sa cuisine.

— *Well, Jene, I came to share this story with you because you're always so kind to me.*

— *I hope it's good news, Charlie. Would you have some tea with me, dear?*

— *Yes, I would, thank you. I received some news concerning my little sister.*

— *Finally, Charlie. That's great news!*

— *Well, it turns out that... she's passed away. She'll never know I was looking for her, all these years.*

— *Oh, Charlie, that's awful. I'm so sorry to hear that. That's awful.*

— *And I've also found out, just now, something else that comes as a complete surprise to me.*

— *What did you find out, Charlie? Is it more bad news?*

— *Not really. It's just that I am not from a Protestant family, as I thought I was... It says here, in the document I received, that I was baptized Catholic as a child. But I never knew that before now. I don't remember ever going to church.*

— *Oh Charlie, so now we've both turned out Catholics. Isn't that funny?*

— *Well, it doesn't make much difference, does it really?*

— *No it doesn't, dear. You're still Charlie to me.*

⋮

Trois mois plus tard, Charlie sortait de l'hôtel Golden Rose au moment où le jeune Rémi Ayotte, âgé de treize ans, descendait du perron chez lui et sautait sur sa bicyclette pour se rendre au magasin Giroux. Charlie marchait de l'autre côté du chemin de fer, le long de la rue St-Joseph, coiffé comme toujours de son grand chapeau de feutre noir, quand Rémi le remarqua. En approchant de la voie ferrée, le jeune Rémi entendit siffler un train qui approchait, en provenance de North Bay. Mais comme il n'y avait pas de barrière pour l'empêcher de passer, il pédala un peu plus vite pour arriver à la traverse avant le train et il traversa sans problème.

Une fois de l'autre côté, Rémi eut l'étrange impression que Charlie se trouvait sur la traverse et semblait hésiter. Il se tenait debout, tantôt sur les rails de la ligne principale, tantôt sur la ligne secondaire, comme s'il ne savait plus sur quelle ligne se placer pour s'enlever du chemin. Le train siffla fort et tenta de freiner mais il était trop tard. Charlie fut frappé violemment par la locomotive et projeté dans les airs non loin de Rémi, qui fut saisi de panique devant la scène horrible. Il courut au magasin Giroux et entra en criant: «Hector, Charlie s'est fait frapper par le train». Puis, tout tourna autour de lui et il s'évanouit sur le plancher du magasin. Quand il revint à lui, Hector avait placé des serviettes mouillées sur son front et il lui lavait le visage.

L'accident était survenu quelques mois à peine après que Charlie eut reçu des nouvelles concernant sa jeune sœur. Durant les dernières années de sa vie,

Charlie Langburn était devenu de plus en plus sourd et, parfois, il semblait confus. Les gens disaient qu'il était un peu «écarté». Après son décès, le 12 août 1959, on racontait dans le village que Charlie semblait plus triste que d'habitude ces derniers temps.

Jene et Patrick héritèrent de sa maison et de ses biens. Personne n'en fut surpris le moindrement, car depuis l'arrivée de la jeune Écossaise, ils étaient devenus sa vraie famille. Charlie s'éteignit à l'âge de soixante-quinze ans et Jene se sentit à nouveau orpheline, à trente-quatre ans.

⋮

L'automne fut précoce et Raoul se préparait à retourner bientôt tendre ses pièges sur sa ligne de trappe. L'année d'avant, il s'était bien tiré d'affaire tout en trappant un peu moins. Cet hiver, il se proposait de faire la même chose. Il ne rajeunissait pas. En décrochant ses pièges à pattes, il repensait aux propos qu'il avait entendus chez Francis l'hiver dernier, quand Maurice leur avait montré un ours qu'il ramenait entier, à l'aide de son ski-doo. C'était sans aucun doute une belle bête avec une très belle fourrure. Et le jeune Maurice était très fier de sa prise. Mais Raoul avait appris la suite de l'histoire la semaine suivante, quand Francis lui avait rapporté les paroles de son neveu.

— « J'aime pas ôter la fourrure d'un ours, ça r'ssemble assez à un homme, c'est pas disable. Un ours pleumé, tu prendras des portraits sans la tête, pis tu diras que c'est un homme. Fait que c'est trop proche. J'veux pus faire ça. »

— J'comprends ça, Francis. C'est pas toujours facile, on l'sait nous aut'. Su'a trapline, on voit bin des affaires qu'on aimerait mieux pas montrer aux enfants.

— Ouain, quand un animal se gruge la patte pour s'échapper, c'est triste à ouère, la patte qui est prise dans le piège. On pense à l'animal qui est arrangé comme ça, pis on se d'mande c'qui va y arriver. Ça s'rait mieux si y mourrait tu-suite, mais c'est pas comme ça que ça se passe la plupart du temps. L'animal souffr' avant de mourir. Des fois, y souffr' longtemps. Ça prendrait des meilleurs pièges, mieux pensés pour tuer d'un coup sec.

— J'étais sur ma trapline en février quand j'ai aperçu un loup, un mâle, qui venait de se prendre par une griffe. Ça venait just' just' d'arriver, c'est sûr, parce que sans ça y aurait laissé sa griffe pis y serait parti.

— Fait que là, tu l'as ach'vé ?

— Bin oui, comme de raison. Ça m'a fait' une belle fourrure. Mais, des fois, ça m'fait penser à Bon Chien qui est si doux. C'est bin r'semblant, surtout quand c'est un loup. Comme disait Maurice, c'est un peu trop proche.

⋮

L'hiver 1961 fut très dur dans la région de River Valley. Les grands vents et le froid intense, combinés à l'épaisse couverture de neige, rendaient la vie en forêt difficile pour Raoul. Ses raquettes s'enfonçaient profondément à chaque pas et c'était de plus en plus laborieux d'avancer pour aller vérifier chacun de ses pièges. Et l'hiver fut si long cette année-là qu'on aurait dit qu'il ne finirait plus.

Avant que le printemps revienne, la situation était devenue critique pour les chevreuils à queue blanche. L'épaisse couche de neige les avait empêchés de se nourrir, car ils devaient gratter sans relâche avec leurs sabots pour arriver à trouver des herbes à manger. Leur abri nocturne, creusé dans la neige sous les branches des grands pins, ne suffisait plus pour les protéger du froid intense produit par les grands vents. La population de chevreuils de la région fut décimée. Les chasseurs trouvaient des chevreuils morts un peu partout dans les bois, émaciés, les pattes recourbées sous le corps dans un dernier effort pour se réchauffer.

Au tout début du printemps, le père Bradley revint au presbytère avec un jeune faon, un orphelin naissant qui avait été trouvé dans le bois, près de son camp de chasse. Il s'en occupa comme s'il en avait été le père, la mère et le médecin tout à la fois et il réussit à le réchapper. Bientôt, les voisins s'aperçurent que le curé avait apprivoisé un jeune faon, qui gambadait librement dans la cour du presbytère, sans s'éloigner le moindrement. Le père Bradley n'avait jamais eu de chien ou même de chat, mais il avait maintenant un chevreuil apprivoisé qui ne tarda pas à faire sensation dans le village. Quand il voulait entrer au presbytère, il allait à l'arrière gratter à la porte. Il fallait bien lui ouvrir, autrement il aurait brisé la vitre. Son passe-temps préféré était de se coucher juste devant le téléviseur pendant des heures. Les enfants venaient voir le mignon petit faon dans la cour du presbytère. Et le chevreuil accompagnait le père Bradley quand il visitait les enfants à l'école.

— Bambi vient vérifier si vous me donnez les bonnes réponses. J'espère que vous avez bien écouté ce que je viens de vous enseigner.

Tout le monde parlait du petit Bambi du père

Bradley et on se demandait s'il pourrait un jour retourner vivre dans la forêt. Le jeune chevreuil était en liberté évidemment, le père Bradley ne l'aurait pas imaginé autrement. Alors, on était à peu près certain que l'appel de la nature se ferait entendre un jour, tôt ou tard.

⋮

Raoul profita d'une visite chez le docteur Patenaude pour lui mentionner que sa vue était devenue trouble. Il avait l'impression qu'un voile lui cachait la clarté.

— Monsieur Denonville, je vais vous envoyer consulter un spécialiste à Sudbury. Il s'agit probablement de ce qu'on appelle des cataractes. Dans un œil, ça semble un peu plus avancé que dans l'autre. Ça pourrait impliquer une chirurgie.

— Vous pourriez pas m'enlever ça vous-même, docteur ?

— Non, les yeux, c'est pas mon domaine. Je peux vous obtenir une consultation. Êtes-vous en mesure de vous rendre à Sudbury ?

— C'est compliqué. Y faudrait que j'y pense.

— Où est-ce que je pourrais vous rejoindre pour vous donner la date du rendez-vous ? Avez-vous un téléphone ?

— Non.

— Alors, arrêtez voir le père Bradley la semaine prochaine. Vous le connaissez? Bon, alors c'est lui qui vous donnera le message. En attendant, trouvez quelqu'un qui pourrait vous conduire à votre rendez-vous, un taxi ou un ami.

— Merci.

— Comment voulez-vous que je donne votre nom? Comme monsieur Raoul Denonville?

— Oui. Merci.

— Si c'est ce que vous préférez, d'accord.

— Merci.

Raoul se rendit à Sudbury le mois suivant pour une consultation avec un ophtalmologue qui se débrouillait assez bien pour lui parler français. Il avait fait la route, confortablement assis sur la banquette avant, dans la belle voiture du père Bradley. Ce n'était pas Raoul qui avait demandé au père Bradley de l'amener mais l'arrangement avait été décidé le jour même où Raoul était venu au presbytère chercher son message. Le père Bradley avait insisté pour le conduire, affirmant qu'il avait lui-même des gens à rencontrer en ville et que cette date-là faisait très bien son affaire.

Le père Bradley fit de la conversation tout au long de la route. Raoul n'avait qu'à dire oui de temps en temps pour que le flot de paroles ne cesse de couler. Une conversation très agréable, portant sur le trappage, la chasse et autres intérêts qu'ils partageaient tous les deux. Le père Bradley revint chercher Raoul après son rendez-vous, en fin d'après-midi. Il eut l'impression que quelque chose n'allait pas dès que Raoul s'installa dans l'auto.

— Alors, Raoul, ça s'est bien passé ? As-tu besoin de te faire opérer ?

— Non.

— Alors, qu'est-ce qui va arriver ?

— Rien.

— T'as l'air bouleversé, Raoul ? Qu'est-ce qui s'est passé ? Qu'est-ce qui est arrivé ?

— Y est rien arrivé.

— Raoul, tu me caches quelque chose.

— Non... Non, non, y est rien arrivé.

— Raoul...

— Ah oui..., je vais porter des lunettes. Y m'ont dit que je devrais les recevoir dans deux semaines, au bureau de poste.

— Eh bien, tant mieux. Ça devrait aider un peu, non ?... Comme ça, tout s'est bien passé ? Pas mal comme tu pensais ?... On dirait qu'il s'est passé quelque chose, mais que t'aimes mieux pas en parler. Si tu veux, Raoul, on pourrait s'arrêter en chemin pour prendre une tasse de thé. Si tu veux, seulement.

— C'est pas nécessaire, père Bradley.

— OK d'abord. Comme ça on va arriver à River Valley avant la noirceur. J'irai te conduire jusqu'au bord de ton sentier.

— C'est pas nécessaire.

— Bien oui, bien oui, ça me fait plaisir Raoul.

Quatrième partie
1963-1971
Le troisième âge

1- L'installation au village

De plus en plus, quand arrivait l'automne, Raoul songeait sérieusement à arrêter de travailler. Il connaissait des trappeurs et des cultivateurs de son âge qui avaient laissé leur place à des plus jeunes et s'étaient retirés au village, où ils vivaient comme des rentiers. On lui demandait parfois quand il en ferait autant. Mais la décision n'était pas facile à prendre pour Raoul. Cette proximité pourrait l'exposer à plus de regards curieux, et il hésitait avant de faire le pas et de se rapprocher des services.

Aurèle Dupras, petit-fils du trappeur Jos Dupras, lui avait laissé entendre qu'il serait intéressé à reprendre sa ligne de trappe car il cherchait à agrandir son territoire maintenant que son fils travaillait avec lui. Raoul se sentait un peu poussé dans le dos par Dupras, qui était revenu le voir une deuxième fois pour lui en parler. Rien ne l'obligeait, toutefois, à céder sa place. N'empêche que cela ajoutait aux raisons qu'il soupesait depuis quelque temps. Des raisons de partir, oui, il y en avait quelques-unes, mais aussi tellement de raisons de rester. Après tant d'années à vivre en pleine nature, entouré d'arbres sur le bord de la belle rivière Temagami, dans cette solitude volontaire loin des regards, comment envisager la vie au village, entouré des autres ? Ce ne serait pas facile.

Mais Raoul vieillissait et il le ressentait dans tous ses os. Les rigueurs des hivers passés et le dur labeur du trappeur l'avaient fragilisé, tout autant que l'âge. Il n'était pas certain que sa santé lui permettrait de continuer longtemps à trapper. Le docteur Patenaude lui conseillait de prendre tout cela en considération. À chacune de ses consultations, il lui redemandait pourquoi il tenait tant à vivre ainsi, comme un homme. Raoul ne répondait jamais à la question.

⋮

Pendant que Raoul pesait les pour et les contre d'une installation éventuelle au village, la nature s'en mêla et prit la décision pour lui. Un soir d'octobre 1963, le toit de sa cabane fut emporté par les grands vents qui fouettaient la région. Le lendemain, au matin, Raoul se rendit au village sur son tracteur pour en parler à Hector et il apprit que Patrick Léger avait un logement à louer qui pourrait lui convenir. Hector lui indiqua une petite maison en papier de brique, de l'autre côté de la voie ferrée, en biais avec le magasin général.

Le petit logis était rattaché au dos de la maison, comme une rallonge. Patrick demandait dix dollars par mois, ce qui semblait raisonnable à Raoul. La pièce, d'environ seize pieds par huit pieds, était plus grande que sa cabane, et il y avait une ampoule électrique au plafond, en plus de deux fenêtres pour l'éclairer. Pour se chauffer et cuisiner, un petit poêle de fonte divisait la pièce en deux. Il y avait un puits pour l'eau au bout du terrain et une bécosse derrière le logis. Raoul paya le premier mois et rentra chez lui, faire le tour de sa cabane et choisir ce qu'il emporterait au village.

Sa nouvelle vie était rythmée par le passage des trains, à la demi-heure. On les entendait venir de loin, car ils sifflaient très fort le jour à l'approche du village. Tout vibrait dans le logis de Raoul quand les trains passaient, même la lumière au plafond bougeait au bout de son fil. C'était plus bruyant qu'il ne l'avait imaginé et, la nuit, quand son lit tremblait, il éprouvait des regrets de sa vie d'antan. De temps à autre, il retournait voir ses amis, Germaine et

Francis, chez qui Bon Chien se trouvait maintenant. Puis il allait faire un tour près de sa cabane, s'asseoir en paix en pleine nature, et repenser à la vie qu'il s'était façonnée ici, à sa manière et à son goût. En traversant la rivière Temagami pour s'y rendre, il s'arrêtait longuement sur le petit pont de bois contempler ce cours d'eau qu'il connaissait si bien. Depuis des années, il observait les changements de la nature ici et ne s'en était jamais lassé. Le coloris automnal reflété dans la rivière lui semblait encore plus beau cette année.

Quand les enfants de Jene et Patrick Léger voyaient Raoul sortir de son logis, ils ne manquaient jamais de s'approcher de la fenêtre discrètement pour observer leur nouveau voisin. On aurait dit que c'était une petite vieille habillée en homme. Il portait une casquette à l'ancienne, un gros pantalon, une chemise carreautée, une veste et des grandes bottes de caoutchouc, tout comme un homme. S'il avait été habillé autrement, il aurait pu passer facilement pour une petite vieille grand-mère rabougrie. Puisque leur père l'appelait monsieur Denonville, il fallait bien que ce soit un homme, même s'il était d'allure étrange.

Les enfants de Yolande et Fernand Guénette, ses voisins du côté ouest, le voyaient circuler dans la cour eux aussi. Quand Raoul allait chercher de l'eau au puits, le jeune Claude était toujours frappé par la peau lisse de son visage et l'absence de barbe. Mais il ne trouvait pas qu'il avait l'air d'une femme parce que c'était… c'était monsieur Denonville. Et monsieur Denonville parlait assez souvent avec son père. Claude remarquait que sa voix était un peu éteinte et plus claire que celle de son père, mais ses propos étaient tout ce qu'il y avait de plus masculin. Il parlait de chantiers et de trappage, en homme d'expérience. Claude aimait bien l'écouter.

⋮

Doudou Ayotte entrait au magasin général Giroux tous les matins, comme un rayon de soleil. Toujours rieur, toujours conteur, il faisait le bonheur de Denise et d'Hector. Sa bonne humeur attirait les hommes autour de lui, qui s'attardaient pour l'écouter parler pendant que leurs épouses faisaient le tour des rayons du magasin avec un chariot d'épicerie.

— Comme ça, Raoul, te v'là rendu rentier à ton tour. Tu pourras v'nir nous en conter des bonnes, toé aussi. Tu vas aouère le temps.

— Mes farces sont pas si drôles que les tiennes, Doudou. Pis, j'sais pas stepper non plus.

— Ah bin là, t'as raison. En tout cas, tu vas êt' gras dur au village, mon Raoul, avec l'électricité pis toute. T'es dans l'âge pour en profiter.

— Oui, j'ai une lumière au plafond. Un vrai luxe. Avec mes lunettes pis une lumière, là, j'ai moins de misère à lire.

— Pis tu vas aouère bin du temps pour lire. Essaye de t'trouver des farces. Tu pourras v'nir nous les conter.

⋮

Le 22 novembre 1963, Rémi Ayotte ne pouvait pas attendre de descendre de l'autobus scolaire qui le ramenait chez lui. Il avait appris une nouvelle qui l'avait bouleversé et il sentait le besoin urgent d'en parler à ses parents. Alors qu'il sortait de son examen de français, au High School de Sturgeon Falls, le directeur, monsieur Watson, se trouvait dans le couloir et il lui avait dit que le Président des États-Unis, John F. Kennedy, venait d'être assassiné. Rémi s'était mis à trembler en entendant la nouvelle, qui lui avait rappelé le moment où Charlie Langburn s'était fait frapper par un train. Ce souvenir le hantait encore et il mit quelques instants à se replacer dans le contexte actuel.

Les détails n'étaient pas très clairs encore, mais on disait que le Président Kennedy avait été attaqué, à Dallas, au Texas, alors qu'il se trouvait dans une décapotable. Le Président avait reçu une balle à la tête et il était tombé mort dans les bras de son épouse, la belle Jackie Kennedy. Comment croire que cela pouvait arriver aux États-Unis et à ce jeune Président que tout le monde admirait? Les Kennedy formaient un couple princier aux allures de vedettes de cinéma. Leurs photos se retrouvaient souvent côte à côte avec celles d'Elvis.

⋮

— Alors, c'est tout pour aujourd'hui, monsieur Denonville?

— Oui, ça va être tout, j'avais pas besoin de grand-chose.

— C'est parfait, on est là pour ça. Gênez-vous pas pour venir plus souvent au magasin. Vous êtes si proche maintenant. Puis on a un bel hiver doux, c'est agréable de sortir.

— Oui, c'est vrai. Est-ce que vous aimez ça lire, vous, madame Giroux?

— Oui, j'aime ça lire, quand j'ai le temps naturellement.

— J'pourrais vous apporter des livres, j'en ai trop.

— C'est bien aimable, monsieur Denonville.

Quelques jours plus tard, Raoul laissa au magasin une boîte de carton contenant des livres. Denise fut très surprise par l'odeur qui s'échappa de la boîte quand elle l'ouvrit en fin de soirée. Ça sentait le moisi, c'était épouvantable. Il y avait une soixantaine de livres, jaunis par le temps, moisis par l'humidité. Des livres à couverture molle, en format livre de poche. Mais sa surprise fut encore plus grande quand elle constata qu'il s'agissait de petits romans à l'eau de rose. Aucunement le genre de livres qu'elle s'attendait à voir de la part d'un homme. Pas des romans policiers, pas des classiques non plus. Non, des romans d'amour, plutôt le genre que les femmes lisent. Hector en fut bien intrigué lui aussi, parce que ce n'était certainement pas le genre de livres qu'il aurait choisi de lire. Denise n'était pas intéressée à les lire non plus et elle ne voulait surtout pas que les enfants s'en approchent, car ça sentait trop le moisi. Hector les fit disparaître.

⋮

Le père Bradley frottait le contour de la grande piscine quand Raoul vint faire une promenade pour voir le chevreuil apprivoisé. Pendant tant d'années, il avait mangé du chevreuil dans sa cabane sans trop penser à l'animal en question mais, maintenant, ça lui faisait un agréable passe-temps de regarder Bambi brouter tranquillement, en plein village. C'était une bien belle bête, si gracieuse et délicate à comparer à un cheval ou à un orignal. Pour la protéger des chasseurs, à chaque automne le père Bradley la conduisait dans la grange d'Aurèle Dupras. Là, elle était en sécurité et les enfants d'école le savaient. Ils disaient que le père Bradley prenait bien soin de son Bambi.

— J'ai entendu votre violon l'aut' soir. Mais y m'semblait que j'en entendais deux.

— Tes oreilles sont meilleures que tes yeux, Raoul. Mon frère Larry était ici et on jouait à deux violons. Lui, c'est un violoniste classique, il joue dans de grandes salles. Moi, je m'amuse, je frotte mes cordes comme un violoneux, c'est pas la même chose. Mais j'ai toujours aimé jouer avec lui et puis, tant qu'il s'en plaindra pas, je vais en profiter.

— Vous êtes toujours occupé. Quand c'est pas l'église, c'est la piscine, c'est le violon. Moé, j'ai une vie pas mal plus tranquille, surtout depuis que j'suis au village.

— C'est l'âge de la retraite, c'est normal. T'as quel âge, là, Raoul?

— Je dirais soixante-douze, mais j'me sens plus vieux que ça, ma santé est pas si bonne.

— Suis les conseils de ton médecin, Raoul, ça va bien aller. Bon, je retourne à mon travail, là. À la prochaine.

⋮

La piscine, l'été, demeurait toujours aussi populaire qu'à ses débuts. Les adultes, autant que les enfants, s'en servaient amplement tout au long de la journée et jusque tard en soirée. Le père Bradley était bien souvent sur les lieux. L'entretien se faisait sous sa direction et c'est lui-même qui en assurait le nettoyage, avec l'aspirateur. L'après-midi où le petit Bambi fut heurté par un train, le père Bradley était à la piscine en train de surveiller les enfants qui montaient dans le plongeoir le plus haut, celui de huit pieds. Il donnait des conseils sur la façon de se placer avant de plonger. Et ce fut au père Bradley que revint la tâche de consoler les enfants quand la nouvelle parvint à la piscine. Le petit Bambi avait sauté sur la voie ferrée et s'était fait frapper par le train. Ce fut un drame pour tous les enfants du village.

⋮

— Bonjour, monsieur Denonville. Ça va bien aujourd'hui ?

— Oui, madame, ça va bien, merci.

— On a reçu de nouvelles chaussettes pour hommes, avez-vous remarqué ?

— Non, j'suis pas allé par là. La prochaine fois,

peut-être. Mais j'ai remarqué les deux sœurs qui achetaient du fil tout à l'heure. C'est pas des sœurs du Sacré-Cœur ça, non?

— Non, c'est des sœurs de l'Assomption… qui sont arrivées à River Valley en quarante-cinq. Ça fait presque vingt ans.

— Ça doit être strict à l'école, avec des sœurs.

— Pourquoi vous dites ça, monsieur Denonville?

— Les sœurs à Hull étaient strictes.

— Personne s'en plaint ici. J'ai pas entendu de plaintes à leur sujet. Bon, alors, c'est tout pour aujourd'hui?

— Oui, ça va être tout pour aujourd'hui.

⋮

Le 15 février 1965, les écoliers et le personnel enseignant étaient rassemblés dans le gymnase de l'école du village pour célébrer le tout nouveau drapeau du Canada. En fait, il s'agissait du tout premier drapeau du Canada. Avant cette date, le Union Jack de la Grande-Bretagne était utilisé pour représenter la nation. Depuis 1895, l'idée de créer un drapeau canadien refaisait surface au Parlement de temps en temps, mais la proposition soulevait tellement de débats et d'opposition que l'on n'arrivait pas à s'entendre et la question était toujours reportée. Enfin, le Premier ministre Lester B. Pearson avait réussi à rallier tout le monde autour de la création d'un drapeau pour le Canada, et l'unifolié fut choisi.

L'inauguration fut télévisée. Le président du Sénat du Canada, l'Honorable Maurice Bourget, prononça les paroles de circonstance :

« Le drapeau est le symbole de l'unité de la nation. Il représente tous les citoyens du Canada, sans distinction de race, de langue, de croyance ou d'opinion. »

On hissa le beau drapeau rouge et blanc arborant une feuille d'érable à onze pointes. C'était un grand jour pour tous les enfants car ils avaient participé à un moment historique.

Quand le père Bradley fit ses visites de paroisse le printemps suivant, il ne manqua pas d'arrêter voir Raoul, comme d'habitude. Mais cette fois, en se tirant une chaise pour prendre une tasse de thé, il déposa sur la table de cuisine un bel appareil photo qu'il venait de s'acheter. Il se proposait, disait-il, de photographier tous les gens qui vivaient à River Valley. Ce projet devrait être assez facile à réaliser, selon lui, puisqu'il se rendait chaque année, à l'occasion de sa visite paroissiale, dans toutes les maisons. Il ferait développer les diapositives chez Kodak et les déposerait ensuite dans les archives de la paroisse, avec tous les autres documents et certificats officiels. C'était bien difficile de refuser de se laisser photographier quand c'était le père Bradley qui tenait l'appareil. Alors, pour faire plaisir au père Bradley, Raoul accepta même d'enlever sa casquette et de faire un demi-sourire en regardant l'objectif, le temps d'un clic.

⋮

De sa fenêtre, Raoul voyait battre les grands draps sur les cordes à linge de sa voisine. C'était beau à voir. Toujours très propre et bien aligné. De temps en temps, quand il la voyait en train d'étendre son lavage, il sortait de chez lui et approchait pour lui parler. Yolande Guénette trouvait que l'attention qu'il portait à ses cordées de linge était quelque peu étrange. Raoul les examinait de près et faisait toujours quelques petits commentaires.

— Ah, madame Guénette, le linge est donc beau su'la corde aujourd'hui!

— Bin, c'est comme les autres jours, y me semble.

— Ah oui, les trois cordes sont toujours bin belles. Le linge blanc est bin blanc.

— Bon, bin merci. J'ai du travail à faire en-dedans là, ça fait que j'rentre. Bonjour.

Yolande retournait chez elle en se demandant bien

ce qu'il était venu faire, encore une fois, à écornifler. Pourtant, elle ne faisait jamais rien pour l'encourager, étant de nature assez réservée. Cette attention, de la part d'un homme, la rendait nerveuse.

⋮

Le père Bradley, déterminé à améliorer la qualité de vie des jeunes du village, songeait maintenant à créer une deuxième activité pour les mois d'hiver. Il rêvait d'aménager une pente de ski. La région était entourée de hautes collines et la côte idéale se trouvait juste de l'autre bord de la rivière Temagami, à quelques kilomètres du village. Avec un bulldozer pour préparer le terrain et adoucir la pente, il ne resterait plus qu'à installer une corde sur poulie afin d'assurer la remontée des skieurs.

Comme toujours, le père Bradley était convaincu que son projet ferait l'unanimité et le bonheur de tous. Il prit les choses en mains sans perdre de temps et les travaux commencèrent tôt à l'automne pour que tout soit prêt dès les premières neiges. Le père Bradley se rendait chaque jour sur la pente, pour surveiller personnellement les progrès. Les choses avançaient très bien.

⋮

Quand le téléphone sonna à Field, c'est Claude, le fils du docteur Patenaude, qui répondit à l'appel. Un terrible accident venait de se produire sur la pente de ski du père Bradley et on demandait d'urgence l'aide du docteur Patenaude. Claude courut avertir son père. Accompagné du père Boyer, curé de la paroisse de Field, le docteur Patenaude se rendit sans tarder sur les lieux de l'accident. Claude était au volant du véhicule et s'efforçait de garder son sang-froid tout au long du chemin pendant que son père parlait à voix basse avec le curé Boyer. Le père Bradley était un grand ami de leur famille et Claude le connaissait depuis sa plus tendre enfance. Il craignait que le pire ne lui soit arrivé.

Un cercle d'hommes s'était formé autour du blessé. Personne ne parlait, on attendait le docteur Patenaude, le prêtre et l'ambulance. Le père Bradley était allongé par terre. Il ne bougeait pas, ne se plaignait pas. Il n'avait pas parlé depuis l'accident. Ses yeux étaient fermés et on ne savait pas s'il était conscient. Le docteur Patenaude s'approcha de lui et commença à l'observer tout en lui parlant calmement. Pendant que durait l'examen, il le rassurait en lui disant qu'il allait prendre soin de lui et que l'ambulance était en route. Difficile de dire si le blessé comprenait les propos du docteur ou même s'il les entendait, car il ne réagissait pas. Mais ses signes vitaux étaient bons, alors il fallait espérer que son état semi comateux serait temporaire, dû au choc qu'il avait subi. Claude se tenait un peu à l'écart, mais il surveillait la scène, espérant que le père Bradley se remette à bouger ou à parler. L'émotion lui coupait le souffle et il refoulait ses larmes. Le père Boyer priait, agenouillé près du blessé.

On apprit plus tard comment l'accident s'était produit, en autant qu'il était possible de rétablir les faits. Tout s'était passé si vite qu'on n'arrivait pas à s'expliquer exactement comment c'était arrivé. On savait que le bulldozer reculait dans la pente pour se replacer. Le père Bradley, qui se trouvait probablement un peu trop proche, n'avait pas constaté assez vite que le bulldozer, tout en reculant, avait modifié légèrement sa trajectoire et se dirigeait maintenant sur lui. Soudainement, le père Bradley s'était trouvé coincé et grièvement blessé, étendu sur le sol. Ses blessures n'étaient pas visibles, car on ne voyait pas de sang, mais c'était évident que son état était grave. Son hospitalisation dura trois semaines. À son retour au village, le projet de pente de ski tomba dans l'oubli.

2- La pension de vieillesse

— Bonjour Maurice, comment va ta mère?

— Bonjour, m'sieur Denonville. Ah, c'est pas toujours facile pour elle depuis qu'mon père est mort mais ça faisait longtemps qu'y souffrait du cœur, ça fait que, y travaillait pus trop trop en dernier.

— Ça fait bin deux ans déjà qu'y est parti?

— Oui, c'était le 25 juillet, v'là deux ans. Y a jamais pu connaître ma p'tite femme, pis j'suis certain qui l'aurait bin aimée, ma Claire.

— Francis m'a conté ça, que tu t'es marié. Avec une bin belle fille qu'y m'a dit.

— Oui, belle comme le jour pis fine à part ça. Mais, c'est bin dur quand y faut que j'parte pour toute la semaine au chantier de Goulard, pis qu'je r'viens pas avant le vendredi soèr. Je m'ennuie bin gros de ma Claire. J'pensais pas qu'ça pouvait êt' aussi dur que ça, d'partir pour la semaine.

— C'est parce que c'est la bonne, Maurice.

— Oui, c'est ça. C'est la mienne pis c'est la meilleure.

— Doudou Ayotte m'a dit que son gars vient de s'marier lui aussi.

— Oui, avec la fille de Gauthier qui a le restaurant, là. Elle s'appelle Pauline. Rémi pis Pauline, c'était le 2 juillet, eux autres, qui ont fait leu' noces.

— Pis le trappage, Maurice, ça marche-tu toujours à ton goût?

— Oui, pas mal. C'est toujours bon. Les prix changent d'année en année, mais le meilleur que j'ai vu, jusque-là, c'est le lynx. Avant, ça payait presque pas, vous le savez comme moé. Quand on avait dix, douze piastres pour une fourrure complète, c'était beau, mais c'te année, j'ai eu cinq cents piastres pour un lynx. Avant, c'était pas à' mode, personne en voulait, fait que… ça valait rien.

— Bin tant mieux si ça t'a rapporté gros.

— Vous ennuyez-vous de vot' trapline depuis qu'vous êtes au village?

— J'm'habitue avec les années. Là, à mon âge, j'serais pu capable, fait que j't'aussi bin au village.

⋮

Raoul se faisait gâter, de temps en temps, par sa voisine, Jene Léger. À l'occasion, elle lui apportait une belle assiettée à manger. Elle parlait si rapidement que Raoul ne comprenait rien, mais l'intention était évidente, elle voulait lui faire plaisir. Il acceptait le plat en souriant et en hochant la tête ; elle repartait aussitôt, sans avoir cessé de parler, toujours en anglais.

Jene aurait bien aimé qu'ils puissent converser un peu, si seulement ils avaient parlé la même langue. Cet homme solitaire lui rappelait sa propre situation dans le village. Vingt ans après son arrivée à River Valley, elle se sentait encore isolée. Heureusement qu'elle avait son armée d'enfants, comme elle aimait le dire, avec qui elle pouvait parler sa langue. La présence de Raoul lui faisait repenser aux belles années où elle apportait des repas chauds à Charlie. Avec Charlie, l'assiette sale restait souvent sur la table en attendant qu'elle envoie un des enfants la chercher. Mais avec Raoul, elle savait d'avance qu'il viendrait lui rapporter, dès le lendemain, une assiette bien propre. Ce serait une bonne occasion pour l'inviter à prendre le thé.

⋮

— Excusez-moi, monsieur Denonville, si j'ai pas l'air de me mêler de mes affaires, mais je voulais juste vous mentionner quelque chose avant que vous partiez, pendant qu'y a personne d'autre dans le bureau de poste.

— À propos de mes abonnements?

— Non, pas du tout, monsieur Denonville. C'est pas ça. Ç'a rien à faire avec vos abonnements. C'est parce que... à chaque mois, je vois arriver les chèques de pension de vieillesse du Canada, puis j'les distribue dans les casiers. J'peux pas faire autrement, comme maîtresse de poste, que remarquer que vous en r'cevez pas. J'connais pas votre âge, mais j'ai l'impression que vous avez vos soixante-dix ans.

— Oui, j'ai un peu plus que ça.

— Bin, c'est c'que j'pensais. Ça veut dire que vous devriez la recevoir vous aussi, votre pension. C'est un beau chèque à chaque mois, un beau montant. Maintenant que vous trappez pas, vous pourriez compter là-dessus pour vos dépenses. Mais c'est pas automatique. Faut faire la demande. J'pourrais vous aider si vous avez besoin d'aide. J'ai l'adresse pis toute. J'en ai aidé d'autres. Comme maîtresse de poste, ça me ferait plaisir de vous aider, monsieur Denonville, si vous avez besoin d'aide, comme de raison.

— J'vais penser à ça, madame Marguerite. Merci. Bonjour.

⋮

Raoul entrait au magasin de Lucien Dupras de temps en temps pour comparer les prix avec ceux d'Hector. C'était un beau magasin, tout neuf, bâti en 1960. Raoul n'était jamais pressé quand il s'y rendait, il faisait le tour tranquillement, sans parler à personne. Il examinait la marchandise avec soin avant de choisir, à chaque fois, les mêmes produits. Même s'il n'achetait jamais rien de nouveau ou de différent, il aimait voir ce qu'il y avait sur les tablettes. Il examinait la clientèle aussi, sans trop en avoir l'air. C'est là que Florence Legault le croisait parfois, quand elle venait faire l'épicerie chez son beau-frère.

— Ted, y me fatigue assez, c'te homme-là. On dirait qu'y détaille les femmes. Qu'est-cé qu'y me veut?

— C't'un loner, Mom. Y a pas d'amis, fait qu'y regarde le monde pour passer le temps. Y est pas dangereux, t'as pas besoin d'aouère peur de lui.

— Bin, là, aujourd'hui, c'est Jean pis Lucie qui en avaient peur, j'te l'dis. Va falloir qu'on arrête de leur parler du Bonhomme Sept Heures, parce que les p'tits pensent que c'est Raoul avec son gros packsack qui vole les enfants. La p'tite Anne va penser la même chose qu'les aut' quand elle va grandir. T'auras dû voir Jean s'cacher en arrière de moé quand Raoul s'est approché pour payer à' caisse. Un peu plus' pis ton p'tit Jean sortait du magasin en courant pour pas se faire pogner par le Bonhomme Sept Heures.

⋮

Hector Giroux commandait chaque année des calendriers à distribuer à ses clients. Pour l'année du centenaire, ils étaient encore plus beaux que d'habitude. La pile était placée en évidence et Denise ne se gênait pas pour en offrir quand les gens passaient à la caisse. Raoul les avait remarqués en entrant mais, tout d'abord, il irait trouver Hector et le boucher Pilon, au fond du magasin. Hector et le boucher faisaient toujours des farces avec lui. Entre hommes, ils parlaient des femmes, en faisant des petites farces plates. Jamais rien de trop déplacé quand même, parce que c'était dans le magasin général. Raoul était toujours content quand il y venait et il riait de bon cœur aux farces partagées, surtout à celles du boucher, qui étaient toujours les plus drôles. De temps en temps, il en contait une lui aussi et les hommes riaient.

— C't'une bonne ça, Raoul. As-tu trouvé ça dans un d'tes livres?

— J'me rappelle pas si je l'ai entendu conter ou si je l'ai lue.

— As-tu remarqué... que nos nouveaux calendriers sont arrivés? Oublie pas d'en demander un à ma femme en sortant. J'ai payé pas mal plus cher cette année parce que j'voulais quelque chose de spécial pour l'année du centenaire du Canada. Notre pays va avoir cent ans, c'est pas rien... Toé, Raoul, t'as dû venir au monde dans les 1800, comme le pays, si je t'offense pas en disant ça.

— Ça m'offense pas, Hector. J'ai pas cent ans encore, comme le Canada mais, comme tu dis, j'étais là dans les 1800.

— Fait que, tu dois être assez vieux pour avoir ta pension. J'dis ça d'même, parce que t'es jamais venu l'encaisser chez nous.

— Le gouvernement en a assez à faire vivre, y ont pas besoin de moé en plus' pour venir quêter.

— Bin non, Raoul, c'est pas quêter. À soixante-dix ans, t'as droit à ça, comme tout le monde. Ça existe depuis le temps de Louis St-Laurent. Mais, y faut la demander pis envoyer une preuve d'âge. Ça t'prendrait juste une copie de ton baptistaire. Le père Bradley pourrait t'faire v'nir ça.

— Oui, j'sais tout ça mais… j'pense pas que j'ai besoin de c'te pension-là.

— Peut-être pas tu suite Raoul, mais tu vas finir par en avoir besoin. Penses-y, parce que c'est d'l'argent que tu perds à chaque mois. Pendant c'te temps-là, tes réserves diminuent.

⋮

L'année 1967 marquait le centenaire du Canada, une étape importante dans l'histoire d'un si jeune pays. La ville de Montréal avait été choisie pour accueillir l'Exposition universelle. Le maire Jean Drapeau n'avait rien ménagé pour faire connaître sa ville sur la scène internationale et accueillir un afflux touristique sans précédent. Il avait même fait bâtir une île et en élargir une autre pour rendre le site de l'Expo 67 tout à fait exceptionnel. Pendant six mois, la jeunesse mondiale avait fait la fête à Montréal. À chacun des quatre-vingt-dix pavillons, de jeunes hôtesses en mini-jupes accueillaient les foules. Il y avait de la musique partout. On savourait des mets exotiques, on entendait partout des langues étrangères. Il y avait des feux d'artifice chaque soir et ça dansait jusque tard dans la nuit, au son de la musique rythmée des Beatles. Les jeunes de toutes les nations chantaient ensemble *It's Been a Hard Day's Night* et *Love, Love Me Do*.

⋮

— Bon, le v'là qui va traverser encore aujourd'hui parce que j'lave mon linge. J'comprends pas ça. Qu'est-ce qui l'attire tant?

— Qui ça, M'man? Monsieur Denonville?

— Bin oui, qui d'autre? Là, y va rentrer dans maison pis y va venir s'accoter su mon moulin pour v'nir me parler d'mon linge.

⋮

— Bonjour Madame, c'est donc beau de voir le linge su'les cordes à linge dehors.

— C'est juste bin normal. Du linge ordinaire.

— Peut-être, mais comme toujours, le linge blanc est vraiment blanc... Qu'est-ce qui lave dans le moulin comme c'est là?

— Le linge de couleur des enfants.

— Hum... Y reste combien de temps encore avant de l'passer dans le tordeur. C'est beau à voir quand ça passe dans le tordeur.

— Ça va prendre pas mal longtemps encore, parce que ça vient de commencer à brasser, fait que... j'pense bin que j'vais aller faire d'autre chose en attendant... Excusez-moi... Bonjour.

— Bonjour, bonne journée, madame Guénette. Bonjour les enfants.

⋮

— Monsieur Denonville est parti, M'man. J'pense qu'y s'en va au bureau de poste.

— J'me demande bin qu'est-cé qui vient faire dans notre maison à chaque fois que j'fais du lavage. J'comprends pas ça.

— On dirait que ça l'intéresse, M'man. Pis y s'ennuie peut-être.

— Y me r'garde avec ses yeux bleus, là, à travers ses petites lunettes rondes, pis ça m'met toujours mal à l'aise quand y me r'garde comme ça. C'est don' bizarre d'la part d'un homme de s'intéresser au lavage des voisins… pis de rentrer dans maison comme ça, sans se faire inviter. J'aime don' pas ça. Ça me rend nerveuse.

⋮

Depuis cinq ans maintenant, Raoul vivait au village comme rentier. Ses dépenses mensuelles se limitaient au strict nécessaire : payer son loyer, acheter son bois et se nourrir. Quand il se rendait à Field pour voir son médecin, cela entraînait aussi quelques dépenses. Il réfléchissait parfois aux propos de Marguerite et à ceux d'Hector concernant la pension de vieillesse. Le jour viendrait peut-être où il en aurait besoin pour payer ses dépenses. Ce qu'il avait gagné comme trappeur diminuait lentement. Alors, que lui arriverait-il s'il en manquait, dans quelques années? Le problème, c'était la fameuse preuve d'âge. Comment fournir une preuve d'âge sans obtenir un baptistaire? C'était là le problème de Raoul.

Le père Bradley fut agréablement surpris quand il aperçut Raoul à sa porte, mais il n'en laissa rien paraître. C'était bien la première fois que Raoul lui rendait visite.

— Bonjour, père Bradley. Si vous êtes occupé, j'peux r'venir un autre jour.

— Mais non, entre Raoul. Comment ça va?

— Ça va bien, merci. J'avais juste une question, ça sera pas long.

— Oui, assis-toi, j't'écoute.

— Est-ce que ça serait possible de m'signer un papier pour prouver mon âge?

— Oui, j'imagine que oui, j'pourrais t'aider avec ça. C'est pour quelque chose d'officiel?

— J'pensais peut-être à la pension de vieillesse.

— Il est grand temps que tu fasses demande, Raoul. T'aurais pu l'avoir v'là longtemps, non? T'as quel âge, là?

— J'ai soixante-seize.

— Raoul, ça fait six ans que t'aurais pu l'avoir. Pourquoi as-tu attendu si longtemps?

— C'est pour la preuve d'âge.

— Mais c'est tellement facile à obtenir. J'peux t'faire venir une copie de ton baptistaire, si tu me dis dans quelle paroisse t'as été baptisé.

— Vous pourriez peut-être juste me signer une lettre comme prêtre, pour dire mon âge. Je peux vous donner ma date de naissance. Ça fait déjà longtemps que vous m'connaissez.

— Bien, Raoul, ça fait longtemps que je te connais, oui, mais j'pourrais pas signer un papier comme ça, si j'ai pas la preuve. Moi, je prépare souvent des documents officiels, mais je le fais toujours avec la preuve dans les mains. Par exemple, avant de célébrer un mariage catholique, j'ai besoin de voir la preuve que les époux ont été baptisés. Faire venir un baptistaire, c'est pas très long non plus. D'habitude, ça coûte 5 dollars.

— Y va falloir que j'y pense.

— Qu'est-ce qui te fait hésiter? Est-ce que c'est parce que tu pratiques pas ta religion?

— Oui, en partie.

— Mais t'as été baptisé?

— J'ai été baptisé, oui.

— Alors, y aura pas de problème Raoul. Je suis prêt à t'aider, j'peux même appeler la paroisse pour que ça se règle encore plus vite. Y faut seulement que tu me dises dans quelle paroisse t'es né.

Raoul gardait les yeux baissés vers le sol, sous la visière de sa casquette, et ne répondait pas mais il respirait fort et se frottait les mains. Le père Bradley l'observait et attendait en silence. Finalement, après une longue pause, Raoul se mit à parler et ce qu'il raconta au père Bradley confirmait qu'il cachait un secret depuis très longtemps. Raoul savait qu'il avait été baptisé à l'église de son village mais sous un autre nom. Ce nom n'était pas Denonville, pas plus qu'il n'était Raoul. Ses parents l'avaient fait baptiser, dès le lendemain de sa naissance, comme on le faisait à l'époque, mais le nom que sa mère lui avait choisi était un nom de fille. Son père s'était rendu à l'église, accompagné du parrain et de la marraine, pour faire baptiser le nouveau bébé. Dans le registre, manuscrit de la main du curé de la paroisse, ce qui serait indiqué serait « fille légitime, née d'hier ». Bien que Raoul vivait depuis plus de cinquante ans sous les apparences masculines, il n'était pas un homme et ne l'avait jamais été.

Le père Bradley accueillit la nouvelle calmement, sans broncher. Raoul savait qu'il pouvait se fier à lui, autant qu'au docteur Patenaude, pour garder son secret.

⋮

Jene Léger s'attendait à ce que Raoul vienne frapper à sa porte vers dix heures, avec une assiette bien propre. Hier, elle lui avait apporté un Irish stew, comme ceux que Charlie aimait tellement. Elle ne s'était pas trompée.

— *Come in dear, won't you have a lovely cup of tea with me?*
— Merci, madame, c'était très bon.
— *Won't you have a seat? Here, here, just sit down while I put the kettle on, the water's already warm. It won't take very long, dear.*

Raoul était toujours surpris et heureux de l'accueil chaleureux qu'il recevait chez madame Léger. Il ne comprenait pas ce qu'elle disait, mais ses propos étaient toujours accompagnés d'un sourire. Jene éclatait souvent d'un grand rire et elle babillait en le regardant droit dans les yeux. Les enfants venaient toujours s'installer à la table pour profiter de sa visite.

Jene l'observait, même pendant qu'elle s'affairait à préparer le thé. Il avait un regard doux, des manières polies. Ce n'était pas un homme brusque. Parfois, il lui rappelait une vieille dame qu'elle avait connue à Glasgow lorsqu'elle était jeune. Quand il buvait sa tasse de thé, on ne pouvait s'empêcher de remarquer comme ses mains étaient petites. Il n'avait pas de barbe, et sa pomme d'Adam n'était pas évidente. C'était un peu étrange pour un homme de son âge. Ses vêtements étaient très masculins et ses manières n'étaient pas efféminées, mais il y avait quelque chose de féminin dans sa personne. Peu importe ces différences, Jene appréciait ses courtes visites et regrettait seulement de ne pas pouvoir communiquer avec lui. Après son départ, elle réfléchissait à ce qu'elle avait observé.

— *Well, that was a nice visit, wasn't it, dear? Did you notice his eyes? He always has a twinkle in his eyes.*

— *He always gives you a little tap on the hand before leaving. I guess it means thanks.*

— *Yes, I'm sure it does.*

⋮

Les années soixante se terminèrent sur un coup d'éclat alors que les États-Unis posèrent le vaisseau spatial Apollo 11 sur la Lune. L'objectif fixé par le président John F. Kennedy en 1961 a été atteint le 20 juillet 1969. Ce jour-là, deux astronautes marchèrent sur la Lune pendant plus de deux heures.

Les noms de Neil Armstrong et Buzz Aldrin entraient pour toujours dans le livre des Grands de l'Histoire de l'Humanité. « *One small step for man, one giant leap for mankind* », ces paroles mémorables furent prononcées par Armstrong alors qu'il posait le pied sur le sol lunaire. Les États-Unis venaient de gagner la course à la Lune, devançant l'Union soviétique.

Tous les parents qui avaient expliqué à leurs enfants que la Lune était hors de portée et qu'on n'irait jamais la visiter durent se rétracter. On savait maintenant que la Lune était accessible, qu'elle n'était pas faite de fromage et qu'on pouvait marcher sur sa surface. Si certains parents avaient soutenu dans le passé que si Dieu avait voulu que l'on soit sur la Lune, Il nous y aurait placé, ils étaient moins catégoriques désormais.

3- Au bout du couloir

Depuis que Raoul demeurait au village, chaque matin il s'arrêtait un moment devant son calendrier mural et il rayait la date d'hier avec un gros crayon noir. Mais ce matin, c'était pour arracher la page de février 1970. Enfin, un autre mois d'hiver venait de se terminer et ce n'était pas trop tôt. L'hiver était glacial cette année, et Raoul avait bien hâte de voir arriver le printemps. En janvier, la région avait connu treize nuits sous les -30 degrés Celsius et cela s'était poursuivi tout au long de février. On avait même enregistré une nuit à -40 degrés Celsius. Afin de combattre le froid qui pénétrait les murs trop peu isolés de son logis, Raoul devait entretenir son feu tout au long de la nuit. Et, pour dormir sans trop grelotter, il avait dû rapprocher son lit du petit poêle de fonte. Et ce n'était pas facile, non plus, par ces grands froids, d'utiliser la bécosse qui se trouvait dehors, derrière la maison.

Depuis trois jours, Raoul ne se sentait pas très bien. Ce n'était pas un rhume, plutôt comme un début de grippe qu'il ressentait. Pas étonnant, par un temps pareil. Pour se soigner, il utilisait un sirop à base de bleuets qu'il avait préparé lui-même durant l'été. C'était une vieille recette pour enrayer la toux. Aux bleuets cuits, il ajoutait de l'eau, du miel ainsi qu'un peu de farine de maïs pour obtenir la bonne consistance. Ce sirop était généralement très efficace pour dégager la gorge et les poumons mais, cette fois, le remède n'avait aucun effet. On aurait dit que le mal était logé ailleurs, dans l'estomac plutôt que dans les poumons. Raoul avait des crampes et devait se rendre plus souvent à la bécosse, même pendant la nuit.

⋮

Quand il se présenta chez le docteur Patenaude, le jour suivant, son état s'était aggravé. Une fièvre légère, des nausées et des frissons s'ajoutaient maintenant aux autres symptômes. Pour le docteur Patenaude, il ne faisait aucun doute qu'il s'agissait d'une grippe intestinale due à une infection sérieuse. Raoul devait être hospitalisé sans tarder. Son âge avancé et son état de santé général exigeaient une telle mesure de prudence. Mais Raoul ne le voyait pas ainsi. Il était venu chez son médecin chercher un médicament, à prendre chez lui. Le docteur Patenaude lui expliqua que son état risquait de se détériorer dans les prochains jours et il lui demanda encore une fois de considérer l'hospitalisation. Sa vie pouvait être mise en danger si on n'agissait pas au plus tôt. Mais cette option n'était absolument pas envisageable pour Raoul. Au moment de son départ, le docteur Patenaude lui rappela, une dernière fois, que son état était grave, qu'il serait là pour prendre soin de lui à l'hôpital et que tout se passerait bien.

⋮

Le matin du 4 mars, Raoul se tenait debout devant son calendrier mural, son gros crayon noir à la main et il raya la date du jour précédent, le regard fixé sur la scène qui y était illustrée. On y voyait une rivière dans laquelle les arbres environnants étaient reflétés. Chaque fois qu'il regardait l'image, il pensait à sa rivière, la belle Temagami. Lentement, il se prépara une tasse de thé et la but à petites gorgées, assis à la table, tout en considérant sa situation présente et les options qui lui restaient. Les choses s'aggravaient, exactement comme l'avait anticipé le docteur

Patenaude. Cela durait depuis six jours déjà. Il ressentait maintenant une extrême fatigue dans tout son corps et les diarrhées persistaient. L'idée de se faire hospitaliser le hantait et l'effrayait terriblement, même s'il se souvenait bien que le docteur Patenaude l'avait assuré qu'il s'occuperait de lui à l'hôpital. Il en était peut-être rendu là, ce matin, au point où il ne voyait plus d'autre solution. Le docteur Patenaude lui avait dit de se rendre à l'hôpital de Sturgeon Falls. Le docteur Patenaude, son docteur, serait là pour lui.

⋮

Raoul s'était assis sur les marches intérieures, à l'entrée de l'hôpital St-Jean-de-Brébeuf, et il attendait, là, n'osant pas aller plus loin. Il était peut-être encore temps de reculer. Mais il savait bien que ce n'était pas possible pour lui de repartir: on l'avait déposé à la porte de l'hôpital, sachant qu'il devait être hospitalisé. Maintenant, il n'osait pas entrer non plus, alors il attendait que le docteur Patenaude vienne le chercher. Le docteur Patenaude lui avait dit qu'il s'en occuperait et que tout irait bien.

Raoul attendait depuis un bon moment quand un infirmier s'approcha de lui, le regard perplexe. Quelques visiteurs avaient mentionné, en se présentant à la réception, qu'un homme était assis dans l'entrée, et que son apparence et son odeur laissaient à désirer.

— Monsieur, vous attendez quelqu'un?
— J'attends le docteur Patenaude
— Est-ce qu'il sait que vous êtes ici?
— Non.
— Mais entrez, les docteurs viennent pas chercher les patients dans les marches.
— Non, j'aime mieux l'attendre ici.
— C'est pas la façon normale, c'est ce que j'essaie de vous dire. Les docteurs sont occupés. Vous devez entrer et attendre votre tour pour qu'il vous voie.
— Non, j'vais l'attendre dans les marches. Y m'a dit de m'rendre à l'hôpital pour le rencontrer. C'est mon docteur.
— Alors, donnez-moi votre nom. J'vais aller m'informer.
— Monsieur Raoul Denonville de River Valley.
— Ce sera pas long, monsieur... Denonville. J'r'viens le plus vite possible. Essayez de pas bloquer la circulation dans les marches.

⋮

Dès que le docteur Patenaude arriva près de Raoul, les choses se passèrent très rapidement. Soutenu sous les bras par l'infirmier et le docteur Patenaude, Raoul entra dans l'hôpital et marcha lentement jusqu'à l'ascenseur. Rendu au premier étage, celui des hommes, on le fit marcher, en le soutenant toujours, jusqu'à la dernière chambre à droite, au bout du couloir. C'était une chambre privée, la chambre 113, juste à côté de la chapelle. On réservait généralement les chambres privées au bout de ce couloir pour des personnes spéciales, comme les prêtres ou d'autres dignitaires de la ville.

Raoul était dans un état si sérieux à son arrivée qu'il avait de la difficulté à avancer, même avec de l'aide. L'infirmier le fit asseoir sur une chaise dans la chambre. Le docteur Patenaude donna des instructions strictes aux infirmières qui se présentèrent pour prendre en charge le patient. Il leur demanda de placer immédiatement une pancarte sur la porte interdisant aux visiteurs d'entrer dans la chambre. Aucune visite, en aucun temps, pour aucun motif. L'admission du patient n'ayant pas encore été faite, le docteur Patenaude se rendit au bureau des admissions pour s'en occuper.

⋮

Une infirmière portant une coiffe à barre verte fut chargée d'aider le patient à se changer et à s'installer dans le lit. Il fallait, selon le protocole, laver le patient dès son arrivée. Cela s'appelait donner le grand bain au patient. Mais ici, pas de baignoire. Pour le grand bain, le patient était couché dans son lit et on le lavait à l'eau chaude savonneuse, à l'aide de débarbouillettes et de serviettes.

Quand la garde Jeannine Roy voulut l'aider à se déshabiller, Raoul résista. Il avait accepté d'enlever son gros manteau d'hiver, mais il s'avéra difficile de le convaincre d'enlever sa grosse veste. Quant à la chemise et au pantalon soutenu par de larges bretelles, ce fut pratiquement impossible de lui faire lâcher prise. Il semblait très gêné, ne voulait pas se déshabiller et il résistait, malgré son extrême faiblesse. L'infirmière en chef de l'étage, garde Anne-Marie Robert, fut appelée à intervenir auprès du patient. Finalement, à trois, les infirmières réussirent à le déshabiller, malgré les efforts qu'il faisait pour se couvrir. Elles constatèrent en fin de compte que Raoul était de sexe féminin.

L'étonnement fut général durant les minutes qui suivirent. On se demandait s'il y avait eu une erreur au moment de l'admission, Raoul ayant été installé à l'étage des hommes. Garde Thérèse Boivin, surveillante de jour et responsable du bon fonctionnement de tous les étages, reçut un appel de l'infirmière en chef à ce sujet. Quelques échanges eurent lieu dans le couloir pour tenter d'éclaircir la situation. On appela également le docteur Patenaude afin de l'informer de l'erreur qu'on venait de découvrir.

Le docteur Patenaude, de retour au premier étage, leur confirma être au courant de ce qu'avaient constaté les infirmières. Le patient, Raoul Denonville, resterait dans cette chambre privée à l'étage des hommes et y serait soigné. Il leur rappela l'importance du respect humain et du secret professionnel. Il demanda à garde Robert de confier les soins de Raoul à quelques infirmières seulement, toujours les mêmes. Aucun infirmier ne devait s'occuper de lui. Aucun visiteur ne devait entrer dans la chambre, sauf le père Bradley, curé de River Valley. Sur la petite carte placée à la tête du lit, on inscrirait simplement Raoul Denonville, rien d'autre.

⁞

Le docteur Patenaude surveillait de près son patient, jour après jour, et venait souvent lui rendre visite dans sa chambre. Il lui accordait beaucoup de son temps et lui apportait son soutien. Chaque fois, avant de repartir, il rappelait aux infirmières le respect dû à chaque patient, encore plus à un patient dans la situation de Raoul.

— Soyez patientes avec elle, soyez douces.
— Inquiétez-vous pas, docteur Patenaude. On va en prendre bien soin.

⋮

Raoul était incapable de se lever pour se rendre aux toilettes, étant trop faible pour se tenir debout. On lui mettait des couches et on les changeait le plus discrètement possible pour ne pas lui causer d'embarras. En dehors des moments où on lui prodiguait des soins, Raoul gardait les yeux fermés, soit pour dormir ou simplement pour ne pas voir la chambre d'hôpital.

Garde Robert s'occupait des soins médicaux de Raoul et, autant que possible, elle était présente à l'heure du bain. Toujours, elle rappelait aux infirmières de respecter la personne, les invitant à comprendre sa gêne, à ne pas être brusque. Raoul tirait toujours sur le drap de bain de façon ferme, pour cacher son sexe. Ses yeux fixaient les infirmières et en disaient long, sans qu'une seule parole ne soit prononcée.

⋮

Le jour où Raoul avait été admis à l'hôpital, les conversations animées qui s'étaient déroulées dans le couloir avaient attiré l'attention d'un patient qui se trouvait dans une chambre semi-privée, non loin de la chambre 113. Cet homme avait vu passer Raoul devant sa chambre et l'avait suivi des yeux pendant qu'il descendait le couloir, soutenu par le docteur Patenaude et un infirmier. Il l'avait reconnu tout de suite, ayant déjà travaillé avec lui dans un chantier en tant que bûcheron. Quand il se rendit compte que les discussions animées dans le couloir concernaient le patient de la chambre 113, il crut que Raoul Denonville allait mourir.

Mais ce qu'il entendit était encore plus surprenant. Les infirmières affirmaient que Raoul était une femme, ce qui lui semblait tout à fait impossible. Il avait couché dans le même *bunkhouse* que Raoul pendant des mois, dans un chantier au nord de River Valley. Il ne pouvait absolument pas s'imaginer que Raoul Denonville soit une femme. Pourtant, quand il aperçut la pancarte sur la porte interdisant l'accès aux visiteurs, il remit en question tout ce qu'il connaissait de Raoul. Il tenta de se remémorer des détails concernant son apparence, son comportement, ses actions. C'était quand même difficile à croire. Comment pouvait-on imaginer une chose pareille ?

⋮

Les infirmières autorisées, qui avaient été choisies par garde Robert, s'occupaient de tous les soins de Raoul et veillaient à ce que la porte reste fermée en tout temps et que la pancarte interdisant l'entrée aux visiteurs soit en place. Seul le père Bradley était autorisé à faire des visites.

Dans les premiers jours, l'état de santé de Raoul ne lui permettait pas de quitter son lit. Par la suite, il n'exprima jamais le désir de se lever. Il dormait beaucoup, mangeait très peu et perdait des forces. Le mois de mars se termina sans qu'il y ait d'amélioration. À la fin du mois d'avril, il était dans un état encore plus fragile qu'à son arrivée. Mais ses yeux restaient toujours fixés sur ceux de l'infirmière qui s'en occupait quand venait le temps des changements de couche et des grands bains. Il tirait la couverture pour se couvrir. Pas un mot, seulement ce regard fixe qui paralysait l'infirmière Jeannine Roy et la rendait bien nerveuse. Malgré cela, elle s'acquittait de ses tâches avec le plus de respect possible et avec douceur. Elle avait souvent l'impression que Raoul ne voulait plus vivre.

En mai, sa situation se détériora rapidement. Raoul mourut dans la chambre qu'il n'avait pas quittée une seule fois depuis son admission à l'hôpital. Son médecin, le docteur Nicol Patenaude, n'était pas présent au moment même du décès et le constat fut signé par le docteur Percival Mulgrave Young. Le certificat précisait les détails suivants : Raoul Denonville, de River Valley, décédé à l'hôpital St-Jean-de-Brébeuf, de Sturgeon Falls, en Ontario, le mercredi 13 mai 1970, à l'âge de soixante-dix-huit ans.

⋮

La dépouille de Raoul Denonville fut confiée au salon funéraire Théoret de Sturgeon Falls, situé à deux rues de l'hôpital, au 119 de la rue King.

Les arrangements funéraires furent coordonnés avec la paroisse Ste-Rose-de-Lima de River Valley. Il fut décidé que les funérailles auraient lieu dès le lendemain, le jeudi 14 mai. En l'absence du père Bradley, qui était en voyage, le service serait chanté par le père Paul Sylvestre, qui avait été curé à River Valley jusqu'en 1941 et qui avait connu Raoul.

Hector et Denise Giroux avaient appris la nouvelle du décès de Raoul le jour même. Le lendemain, Denise assista aux funérailles qui eurent lieu dans la salle paroissiale. Depuis l'incendie qui avait détruit l'église, la salle paroissiale servait encore de chapelle temporaire. Le père Sylvestre commença le service funèbre en disant :

— Aujourd'hui, nous enterrons Raoul Denonville. C'est comme cela qu'on l'a connu et c'est comme cela qu'il sera enterré. Personne n'a le droit de supposer quoi que ce soit.

Peu de gens assistèrent au service funéraire de Raoul, la nouvelle de son décès ne s'étant pas encore répandue dans le village. Le père Sylvestre chanta la grand-messe et donna les bénédictions de circonstance. Des hymnes furent chantés pour le repos de l'âme de Raoul. L'inhumation eut lieu immédiatement après la cérémonie religieuse. Le père Bradley avait déjà prévu que l'inhumation de la dépouille de Raoul se ferait dans la plus grande discrétion et que le site exact ne serait marqué d'aucun monument. Le père Sylvestre veilla à faire respecter les arrangements prévus. Raoul avait choisi de vivre dans l'anonymat, il fallait donc que ce soit dans l'anonymat qu'il repose au cimetière.

Le corbillard prit le chemin St-Joseph pour se rendre au cimetière Ste-Rose-de-Lima, juste à la sortie du village. Raoul avait marché le long de ce même chemin pendant plus de cinquante ans pour se rendre chez lui, à sa cabane et sur sa ligne de trappe, chez ses bons amis Francis et Germaine ainsi que sur le pont qui traverse la rivière Temagami. Ce matin, pour la dernière fois, Raoul reprenait ce chemin bien-aimé pour aller reposer en paix, parmi les siens.

Dans le petit village de River Valley, Raoul avait trouvé l'endroit idéal pour vivre toute sa vie adulte comme il l'entendait. Depuis son arrivée en 1915, il s'était taillé une place à sa mesure en tant que trappeur et bûcheron. Dans le village, il était accepté et respecté. Cela lui avait permis de vivre à sa façon et d'être heureux.

4- Le respect humain

Des rumeurs circulaient librement dans le village de River Valley depuis le décès de Raoul le 13 mai 1970. L'article de Wayne LeBelle, qui les confirmerait éventuellement, n'allait paraître qu'un an plus tard, en avril 1971. Entretemps, ce que Boisvenue avait raconté au sujet de Raoul Denonville en avait convaincu certains, mais la plupart des gens qui le connaissaient se méfiaient des racontars et avaient refusé d'y croire. Après tout, Raoul était un des leurs. On le connaissait depuis très longtemps et on l'acceptait comme il était. Même s'il avait un peu l'allure d'une petite vieille, c'était un homme qui avait gagné sa vie comme bûcheron et trappeur. Raoul était Raoul. Tout le reste, c'était de la médisance.

On ne connaissait aucun héritier à qui Raoul aurait pu laisser son argent, s'il en avait. Comme trappeur, on supposait qu'il avait probablement accumulé des sommes d'argent considérables. Puisqu'il n'était pas du genre à fréquenter les banques, certains individus s'imaginaient qu'il avait caché son argent et se demandaient où la cachette pourrait se trouver. Dans son logis au village? Pourtant, les chances semblaient bien plus grandes qu'il soit enfoui quelque part sur sa ligne de trappe ou dans sa cabane de trappeur, sous le plancher peut-être. Pendant l'été, on rapporta que la cabane et les environs avaient été fouillés, mais personne ne semblait être tombé sur le trésor espéré. Du moins, personne ne s'en était vanté.

⋮

Quelque temps après le décès de Raoul, deux policiers du détachement de la Police provinciale de Sturgeon Falls s'étaient rendus à River Valley pour examiner son logis. Le caporal A. Blair avait accompagné le constable W.F. Tinney. La raison de leur visite n'avait pas été claire puisque Raoul était décédé à l'hôpital, non pas dans son logis. Jene Léger ne savait pas si quelqu'un les avait appelés, leur suggérant qu'il y avait quelque chose sur lequel enquêter, mais ils s'étaient présentés chez elle avant d'entrer dans l'appartement de Raoul.

Après leur départ, Jene s'était rendue dans

l'appartement de Raoul pour voir, à son tour, ce qui restait dans le logis. Il n'y avait pas grand-chose là. Quelques meubles misérables, de vieux vêtements, de la vaisselle et des ustensiles sans valeur. Tout témoignait d'une vie simple, presque austère. Ce qui la surprit, ce fut d'y voir une robe noire très démodée, tout à fait à l'ancienne. Le genre de robe sans garniture que sa grand-mère aurait pu porter. La robe était dans un sac, à l'intérieur d'une boîte de carton pas très grande. Et il y avait aussi des souliers noirs pour femme, à talon plat, ainsi que des par-dessus en caoutchouc, qui auraient pu être portés avec les souliers. Ils semblaient très usés.

Ce qui est advenu de tout cela dans les semaines suivantes, Jene ne saurait le dire. Probablement que Patrick avait tout mis aux déchets avant de relouer l'appartement. La même chose était probablement arrivée à l'hôpital, avec les vêtements de Raoul. La pratique courante, lors de l'admission d'un patient, était de mettre tous ses vêtements et ses objets personnels dans un sac de plastique, que l'on rangeait ensuite dans une armoire, à l'intérieur de la chambre. Après un décès, le sac était remis à la famille ou à quiconque était autorisé à venir le réclamer. Si personne ne le réclamait dans un délai raisonnable, le sac était envoyé au dépotoir.

⋮

Wayne LeBelle, journaliste posté à Sturgeon Falls pour le *North Bay Nugget*, enquêtait discrètement chaque fois qu'il venait à River Valley. Depuis le décès de Raoul, il recueillait çà et là les témoignages de gens qui avaient travaillé avec lui ou qui l'avaient connu. LeBelle préparait l'article choc qu'il publierait un an après le décès de Raoul, tel qu'entendu avec le père Bradley. LeBelle, qui était photographe en plus d'être journaliste, se rendit au logis de Raoul ainsi qu'à sa cabane de trappeur afin de prendre des photos pouvant servir à illustrer la vie de Raoul au quotidien. Il croqua des scènes montrant des vêtements d'homme, quelques meubles rudimentaires, des objets de cuisine, le calendrier mural. Des éléments bien précieux pour compléter son article de journal.

Le père Bradley avait en sa possession une photo de Raoul, prise lors d'une visite de paroisse. C'était la seule photo connue de Raoul et elle était d'excellente qualité. On pouvait y voir clairement les cheveux blancs de Raoul, son visage sans barbe, sa chemise boutonnée jusqu'au cou et sa veste. Son regard était calme et fixe derrière des lunettes rondes. On y voyait le même regard fixe qui intimidait tant les infirmières de l'hôpital lorsqu'elles lui prodiguaient des soins. Le père Bradley accepta de partager cette photo avec le journaliste LeBelle afin qu'elle accompagne l'article à publier.

⋮

L'article de Wayne LeBelle, publié dans le *North Bay Nugget* le 1ᵉʳ avril 1971, eut l'effet d'une bombe dans le village de River Valley. On y trouvait la confirmation des rumeurs qui circulaient depuis un an. Raoul était une femme qui se faisait passer pour un homme sans en être un. Le secret avait été gardé par son médecin et les autres professionnels, qui refusaient toujours de dévoiler les détails. L'article soulevait beaucoup de questions qui restaient sans réponse.

Comment s'imaginer qu'une femme puisse côtoyer des hommes de si près pendant tant d'années, dans des camps de bûcherons et des camps de chasse, sans que personne soupçonne qu'elle n'est pas un homme? Les questionnements alimentaient toutes les conversations dans le village, chacun tentant de voir comment cela pouvait s'expliquer.

— Les gars couchaient là, avec elle, dans les chantiers, mais y a jamais personne qui s'est aperçu que c'était une femme… Apparemment qu'y bûchait comme un autre homme, avec un godendard. Y travaillait pas comme cookee dans l'temps que mes frères ont travaillé avec lui, pour les Gordon. Y bûchait comme les autres.

— Y en a qui ont couché dans la même cabane pis qui se sont jamais aperçu de rien. C'est vrai que les gens couchaient dans leurs combines. Personne se promenait jamais nu dans les camps.

— J'ai rien que des questions. Qu'est-cé qu'elle faisait quand arrivait son temps dans le mois? Comment est-ce qu'elle faisait pour cacher son buste? C'est peut-être pour ça qu'elle marchait toujours le dos courbé.

— C'est difficile à comprendre. Pendant tellement d'années, plus que cinquante ans à vivre comme un homme et jamais découvert! Comment ça peut arriver, une chose pareille?

— Les toilettes dans les camps, c'était des bécosses privées, des fois, mais d'autres fois, c'était trois trous, un à côté de l'autre. Alors, il fallait qu'elle aille s'asseoir à côté des autres. Probablement qu'elle se retenait beaucoup pour pas se retrouver là trop souvent. Peut-être même qu'elle s'arrangeait pour y aller quand y avait personne d'autre?

— Comment est-ce qu'elle s'arrangeait, toute seule sur sa ligne de trappe? C'est de l'ouvrage dur. C'est du matériel pesant.

— On le voyait pas souvent dehors parce que c'était pas un homme qui paradait, mais peu importe si on crevait de chaleur l'été, il était toujours habillé avec bien des vêtements, casquette, grosses bottes, veste. J'comprenais pas pourquoi il portait autant de vêtements.

— On savait qu'y était venu d'ailleurs, mais personne sait d'où y venait. On connaît rien de sa famille, y en parlait jamais. On osait pas le questionner non plus. Y était bin privé.

Mais les questions les plus importantes touchaient les raisons qui se cachaient derrière ce jeu de rôle. Les réflexions partagées entre amis ou en famille en disaient long sur les sentiments des résidents du village.

— Tout le monde pense pareil, on en revient pas. On a bin d'la sympathie. Une femme qui a gagné sa vie dans le bois toute seule à trapper, quelle misère! Tu t'imagines qu'est-cé qu'elle a passé à travers. Qu'est-cé qui a pu la décider à faire une affaire de même? Ça veut dire qu'elle a fait un sacrifice continuellement de sa vie.

— Faut que ce soit quelque chose de grave quelque part qui est arrivé. Ça aurait dû lui faire mal. Quand elle était toute seule dans l'bois, elle devait se mettre à pleurer des fois. Elle a jamais revu ses parents non plus. Une vraie vie de martyre.

— J'ai pensé qu'y avait peut-être été élevé dans un orphelinat puis que c'était pas des bons souvenirs. Y serait-tu arrivé quelque chose à l'orphelinat?

— Notre boucher, c'est lui qui gravait les noms sur les monuments qu'on vendait. Y a dit à Hector, si vous voulez mettre une plaque à Raoul, toi pis Denise, moi, j'vais aller écrire son nom dessus. Alors Hector a mis une plaque commémorative à Raoul. C'est en rentrant dans le cimetière, tout droit devant. C'est écrit Raoul Denonville, 1892-1970.

— C'était pas un homme qui faisait aucune vague, y voulait pas être remarqué. On respectait ça.

— Y est-tu arrivé quelque chose avant qu'y parte de chez eux? Y l'a jamais dévoilé pis nous autres on était bin timides là-dessus, parce qu'on voulait pas l'offenser. On se demandait des fois ce qui aurait pu lui arriver pour qu'y parte de chez eux comme ça. Y avait-tu été abusé?

— Peut-être que c'était une orpheline qui avait grandi avec son père, et puis que son père lui avait montré à travailler comme un homme, dans le bois. Quand elle était p'tite, y l'habillait peut-être comme un garçon, y la traitait comme un garçon.

— Si elle avait été abusée par un homme, elle aurait eu peur des hommes. Mais, au contraire, elle aimait ça être avec les hommes, s'associer avec des hommes, dans des activités d'hommes. C'est étonnant tout de même.

— J'ai pas mal toujours eu l'impression que c'était une femme et j'aurais aimé lui en parler. Je voyais une tristesse dans son regard. Son parler était toujours doux.

— Quand on dit la vérité, on a pas peur de parler. Mais Raoul disait rien, ses yeux parlaient. C'était une bonne personne.

— Peut-on imaginer ce que cette femme a vécu pendant cinquante ans. Oh, mon Dieu!

— Pourquoi avoir utilisé cette façade? Est-ce que quelque chose l'empêchait d'être elle-même?

— J'aurais aimé savoir que c'était une femme. J'aurais mieux compris ses façons d'agir. Ça m'aurait semblé plus normal, j'aurais été plus à l'aise.

— Le docteur Patenaude nous parlait toujours du respect humain. Il avait le cœur à la bonne place.

Raoul laissait derrière lui plusieurs questions auxquelles on ne connaîtrait probablement jamais les réponses. Mais ceux qui l'avaient connu ne lui en voulaient pas. Il avait vécu parmi eux à sa façon et on se disait qu'il devait avoir ses raisons pour agir ainsi. À leurs yeux, il demeurait Raoul Denonville. C'est ainsi qu'il avait vécu et c'est ainsi qu'on se souviendrait de lui.

Conclusion
Qui était Raoul Denonville ?

Son identité réelle

Que savons-nous de Raoul Denonville, cinquante ans après son décès ?

Les témoignages des aînés de River Valley, que j'ai recueillis sur enregistrements depuis septembre 2018, constituent la base de ce récit. Ils nous permettent de connaître plusieurs détails historiques et personnels de la vie de Raoul, que ce soit dans les chantiers, sur sa ligne de trappe ou dans le village. Ces témoignages donnent un éclairage assez précis sur sa façon de vivre au quotidien, ses déplacements, ses activités et ses amitiés entre les années 1915 et 1970.

Mais d'où venait Raoul ? De quel village, de quelle région ? Quel était son vrai nom ? Celui de ses parents ? Jusqu'à présent, on ne connaît rien de tout cela. Comme le soulignait le journaliste Wayne LeBelle dans son article paru dans le *North Bay Nugget* en 1971, le saura-t-on un jour ? Ceux qui l'ont su – on peut penser au père Bradley et au docteur Patenaude – ont gardé le secret à tout jamais, car ils ne sont plus parmi nous. Et on ignore tout de ce que Raoul leur a révélé.

Faut-il donc conclure qu'on ne connaît pas Raoul parce qu'on n'a pas la réponse à ces questions, parce qu'on ne peut remonter la piste généalogique ? Dans quelle mesure la réponse à ces questions est-elle essentielle pour connaître une personne ?

Dans le cas de Raoul, ce qui me semble le plus intéressant, c'est de comprendre ce qui a pu le pousser à quitter sa famille et son milieu à tout jamais pour venir s'isoler dans la région de River Valley. Qu'est-ce qui a bien pu servir d'événement déclencheur ? Et pourquoi n'y avait-il pas de retour possible en arrière ?

Et la question qui me paraît la plus importante est celle que le docteur Patenaude lui a sûrement posée à plus d'une reprise : pourquoi avoir choisi de vivre comme un homme ? Lui-même n'a jamais obtenu de réponse, comme il l'a affirmé en 1976, au moment de l'enregistrement de l'émission *Villages et visages de l'Ontario*, épisode portant sur Field :

> [Raoul Denonville] est arrivé ici au début de la Grande Guerre, 1914-15. Moi, je l'ai rencontré pour la première fois il y a une vingtaine d'années. Comme de raison, j'étais tenu au secret professionnel. Monsieur Denonville était une femme. Mais à son arrivée, il s'est toujours fait passer comme un homme. [...] Tout le monde l'a toujours connu sous le nom de monsieur Denonville. Son secret, il l'a amené avec lui, dans sa tombe.
>
> Maintenant, pourquoi a-t-il changé, a-t-il voulu changer son sexe en se faisant nommer monsieur Denonville ? J'ai tenté à plusieurs reprises, au bureau, de lui demander. J'ai jamais pu savoir la raison exacte.

Raoul n'a jamais expliqué les raisons qui l'avaient amené à vivre comme un homme pendant toute sa vie adulte, même pas à son médecin en qui il avait confiance. Dans sa vie quotidienne, il exprimait un genre masculin qui ne correspondait pas à son sexe biologique féminin. Pourquoi ?

Le large spectre de la sexualité

De nos jours, on commence à accepter le fait que pour parler de la sexualité, il faut renoncer à la binarité traditionnelle mâle-femelle. Aujourd'hui, sont inclus tout un éventail de conditions et de comportements, allant de l'identité de genre (le sentiment qu'un individu a de son genre, qui peut ou non coïncider avec le genre assigné à la naissance), à l'expression de genre (une personne choisit de vivre sa vie et de se comporter comme une personne de l'autre sexe, elle peut même décider de transitionner – grâce à des interventions médicales – vers le genre qui correspond à son identité de genre).

Hypothèse et conclusion de l'autrice

La seule chose qu'a racontée le docteur Patenaude au sujet de Raoul, c'est qu'on lui avait assigné le sexe féminin à sa naissance. À partir de là, faut-il conclure que Raoul a choisi d'exprimer son genre tel qu'il le ressentait et qu'il a ainsi vécu comme un homme? Je pense que oui. Pour y arriver, il a dû quitter sa famille et son milieu. Ce choix ne devait pas être facile à faire mais il était nécessaire. Il n'aurait pas pu se forger une nouvelle identité et vivre sa vie ainsi qu'il le désirait s'il était resté dans un milieu où on le connaissait comme fille.

Par chance, il s'est retrouvé dans la région de River Valley où les conditions répondaient à ses besoins. Du travail en forêt, une vie tranquille à l'écart, dans une région isolée où personne ne le connaissait. Et que dire de la discrétion respectueuse de ses résidents? Dans le petit village de River Valley, il a pu se refaire une vie qui correspondait à son identité de genre. Cela lui a permis d'être heureux, à sa façon.

Quelques pistes de recherche à explorer

Pour ceux et celles qui voudraient tenter de retracer les origines et la provenance de Raoul Denonville, voici quelques pistes :

- Qui était *Wilfred Jean*, le compagnon de Raoul qui est arrivé avec lui à River Valley en 1915 ? D'où venait-il ? Quelle était leur relation ? Est-il retourné dans son milieu après la guerre ? A-t-il entretenu une correspondance avec Raoul après son départ ? Selon un témoin, il aurait été plus âgé que Raoul (qui lui, était né en 1892). Est-ce que ses descendants sont au courant de cette histoire hors du commun ? Se souviennent-ils d'un aïeul qui, pour échapper à la conscription, se serait exilé de 1915 à 1920 dans la région de River Valley ?

- Les *initiales A. H.* auraient été visibles sur la boîte contenant des vêtements de femme trouvés dans le logis de Raoul Denonville après son décès. Pourraient-elles correspondre au nom véritable de Raoul ?

- Existe-t-il des *écrits oubliés* dans les maisons anciennes de River Valley ? En existe-t-il ailleurs, dans la maison où Raoul a grandi ? Des annotations dans des albums de famille qui feraient état qu'une jeune femme, au début de la vingtaine, est disparue vers 1915 sans laisser de traces ?

Plus cette histoire sera racontée, plus d'oreilles l'entendront. C'est le moyen qu'a employé celui qu'on a surnommé « L'enfant perdu et retrouvé ». Pierre Cholet avait été kidnappé avec son frère et son cousin alors qu'ils étaient enfants. Le drame s'était produit à Saint-Polycarpe, au Québec. Devenu adulte et seul survivant, il avait réussi à retrouver plus ou moins sa région d'origine, mais il ignorait le nom de son village. C'est en racontant son histoire à tous ceux qu'il rencontrait qu'il a réussi à retrouver sa famille. Quelqu'un avait entendu parler du drame et a fait le lien avec ce que l'inconnu lui racontait.

L'invitation est lancée…

CLAIRE MÉNARD-ROUSSY
21 AOÛT 2019

Annexe 1
Les sources du récit

1- Les personnes-ressources interviewées

Rien ne peut remplacer la richesse des renseignements fournis par les personnes interviewées. Pendant des heures, elles ont raconté ce qu'elles avaient, elles-mêmes, vu et entendu. Elles ont répondu à de nombreuses questions et ont accepté d'expliquer dans le menu détail tout ce qui pouvait aider à mieux décrire un personnage, une situation ou un événement. Elles ont participé à l'élaboration du récit en restant disponibles, en continuant de répondre aux questions qui leur parvenaient pendant le processus d'écriture. Sans la collaboration précieuse de ces personnes généreuses, ce récit n'aurait jamais vu le jour. L'autrice tient à leur exprimer toute sa reconnaissance et à les remercier de lui avoir fait confiance.

L'autrice veut préciser ici l'importance accordée en tout temps aux faits réels et aux conversations qui lui ont été rapportées par les personnes-ressources. Toutefois, il aurait été impossible de raconter la vie de Raoul Denonville sous forme de récit sans faire intervenir l'imagination de l'autrice, indispensable pour faire couler l'histoire et faire parler les personnages. Chaque fois, ces interventions ont été faites en respectant ce qui était le plus plausible, selon les versions recueillies et en consultant d'autres sources de renseignements fiables.

⋮

Mes remerciements vont aux personnes suivantes :
Rémi AYOTTE, né en 1946 à River Valley, où il demeure encore. Il est le fils de Josephat (Doudou) Ayotte. Il a été cultivateur et bûcheron.
Thérèse BOIVIN (Rainville), née en 1936 à Bonfield, elle a été infirmière à l'hôpital St-Jean-de-Brébeuf. En 1970, elle était surveillante de jour et responsable du bon fonctionnement des étages. Elle demeure présentement à Sturgeon Falls.
Roger DESCOTEAUX, né en 1932 à River Valley, où il a vécu jusqu'en 1959. Il a été draveur et bûcheron. Sa mère était maîtresse de poste dans le village à partir de 1952. Il demeure présentement à Sturgeon Falls.
Denise GIROUX (Lafrenière), née en 1932, est arrivée à River Valley à l'âge de neuf ans. Avec son époux, Hector Giroux, elle a été propriétaire du magasin général Giroux à partir de 1951. Elle demeure présentement à Sturgeon Falls. Sa fille, Roberte GIROUX, a facilité l'échange de renseignements pendant le processus d'écriture et participé à la recherche de photos.
Maurice GIROUX, né en 1942 à River Valley, où il a

vécu sur la terre paternelle jusqu'en 2018. Il a été trappeur, cultivateur et entrepreneur. Il demeure présentement à Sturgeon Falls. Son épouse, Claire (Ménard) GIROUX, a facilité l'échange de renseignements pendant le processus d'écriture.

Claude GUÉNETTE, né en 1958 à River Valley, où il demeure encore. Enfant, il était voisin de Raoul Denonville.

Yolande GUÉNETTE (Rochefort), née en 1940, elle est arrivée à River Valley comme jeune épouse en 1958 et y demeure toujours. Elle était voisine de Raoul Denonville.

Jenie LÉGER (Cochrane), née en 1925 à Beath, en Écosse, elle est arrivée à River Valley, comme épouse de guerre en 1946. Elle était voisine de Raoul Denonville. Elle demeure présentement à Sturgeon Falls.

Théodore LEGAULT, né en 1936 à River Valley, où il demeure toujours. Il a fait la drave, travaillé dans les camps de bûcherons et les moulins à scie de la région.

Florence LEGAULT (Goulard), née en 1938 à River Valley, où elle réside encore dans la maison paternelle au cœur du village. Elle a été enseignante.

Jean LEGAULT, prêtre, né en 1960 à River Valley. Fils de Théodore et Florence Legault, il a grandi à River Valley mais demeure présentement à Sturgeon Falls. Le père Legault est curé de deux paroisses : Sacré-Cœur de Sturgeon Falls et Ste-Thérèse-d'Avila à Cache Bay.

Claude PATENAUDE, né en 1949 à Field. Il est le fils du docteur Nicol Patenaude. Il a été enseignant. Il demeure présentement à Sturgeon Falls. Son épouse, Diane (Vézina) Patenaude, a facilité l'échange de renseignements pendant le processus d'écriture.

Jeannine ROY, née en 1935 à St-Charles, elle a travaillé comme infirmière à l'hôpital St-Jean-de-Brébeuf. En 1970, elle travaillait au premier étage, celui des hommes. Elle demeure présentement à Sturgeon Falls.

2- Les sources secondaires

La source de renseignements la plus importante après les personnes-ressources est certainement celle constituée par le travail journalistique de Wayne F. LeBelle. Cela comprend le texte paru dans le quotidien *The North Bay Nugget* le 1er avril 1971, ainsi que ceux présentés dans deux livres dont il est l'auteur. Les photos accompagnant ces textes sont d'une valeur inestimable. L'autrice tient à reconnaître l'importance du travail exceptionnel de Wayne F. LeBelle et à lui rendre un hommage posthume ici.

LeBelle, Wayne, *Field, Ontario 1850-2009*, WFL Communications, Field, ON, 2009.

LeBelle, Wayne, *West Nipissing Ouest*, WFL Communications, Field, ON, 1998.

The North Bay Nugget, 1er avril 1971 : «River Valley resident died with his secret».

Lacasse, Danièle et Bruce Hodgins, *Le père Paradis, missionnaire colonisateur*, Québec, Les Presses de l'Université Laval, 2014.

Films et vidéos

Villages et visages de l'Ontario, épisode portant sur Field, TFO.

Villages et visages de l'Ontario, épisode portant sur River Valley, TFO.

Grey Owl, dans la série biographique *The Canadians*, production de CRB Foundation Heritage Project, film commenté par Patrick Watson.

Plusieurs vidéos disponibles sur *Youtube* pour les sujets suivants : le trappage, les camps de bûcherons, l'identité et l'expression de genre, la drave.

Autres sources

Pension de sécurité de la vieillesse du Canada : Fondsfmoq.ca.

Archives de la météo de l'Ontario : weatherarchivesontario, station Crystal Falls, année 1970 : climate.weather.gc.ca historical_data.

Petits Immigrés Anglais : Bibliothèque et Archives du Canada en ligne.

« Film Details Unsung Ukrainian Internees : WW1 Canadian camps held 8,500 "enemy aliens" from European nations », *The Ottawa Citizen*, November 8, 2018.

Pour les sujets suivants, sources nombreuses sur *Wikipedia* : Elvis Presley, Les Beatles, John F. Kennedy, Apollo 11, Les Grandes Guerres et la Conscription, Les années 1950, 1960.

Pour les sujets suivants, l'*Encyclopédie canadienne* en ligne : la Guerre de 1914-18 et la crise de la Conscription, La Grande Dépression, Le Règlement 17 en Ontario, La Seconde Grande Guerre, 1939-45, Bombardier et l'invention du Ski-doo, L'inauguration du drapeau canadien, Expo 67 et le centenaire du Canada.

Cartes topographiques

Backroad Mapbooks NEON 12 ONTARIO : Sturgeon Falls.

Backroad Mapbooks NEON 22 ONTARIO : Lake Temagami.

L'électricité en Ontario : l'histoire de l'électricité en Ontario : https://ici.radio-canada.ca/regions/ontario/Dossiers/historique_562.shtml

Chapeaux de castor : The Beaver and Other Pelts, http://digital.library.mcgill.ca/nwc/history/01.htm.

Grippe intestinale : 811.novascotia.ca-health_topics.

Les plantes médicinales et comestibles : Nomadity Santé Naturelle et diverses autres sources en ligne.

Musée de Sturgeon Falls, Ontario pour ses expositions concernant la faune, le trappage, la région.

Paroisse Ste-Rose-de-Lima, River Valley, Ontario, avec l'aide du père Jean Legault, Registre des inhumations, mai 1970.

Salon funéraire Théoret Bourgeois, Sturgeon Falls, avec l'aide de Peter Théoret et Colin Bourgeois, pour ses archives, mai 1970.

Remerciements

Outre les remerciements aux personnes ressources interviewées (et dont la liste figure à la page 218), je tiens à remercier les personnes suivantes :

Laurent Roussy, mon époux bien-aimé, dont la présence m'est indispensable et qui a facilité ce projet par son appui constant à travers toutes les étapes du processus de création. Merci d'enrichir ma vie depuis cinquante ans et de me lire comme un grand livre !

Denyse Mageau, excellente animatrice des ateliers d'écriture de Retraite en Action d'Ottawa. Les rencontres mensuelles animées par Denyse m'ont donné le coup de pouce nécessaire pour me lancer dans ce projet d'écriture.

Lucie Aucoin, propriétaire de La Maison des Falaises, Havre-aux-Maisons, Îles de la Madeleine, Québec. Ce site spectaculaire a été source d'inspiration avec ses vues imprenables sur le Golfe Saint-Laurent et la tranquillité de ses hivers.

Pierrette Filion, de Sturgeon Falls, pour son aide en tout temps lorsque je faisais appel à ses services; Carole Marion, pour son aide dans les archives de photos léguées par son époux, feu Wayne LeBelle, journaliste et photographe; Lise Gagné, de Sturgeon Falls, pour ses contacts qui m'ont ouvert des portes; Marcel Levesque de Prévost, Québec, ainsi que Marcel Bougie de Sturgeon Falls pour leurs recherches en généalogie.

Les membres de ma famille ainsi que les amies et amis qui sont mes lectrices et lecteurs, pour leur intérêt et leur encouragement qui me poussent à me dépasser.

Merci aux Éditions Prise de parole d'avoir reconnu l'intérêt de ce récit historique et en particulier à denise truax, codirectrice générale et directrice de l'édition, pour ses conseils judicieux et son travail de révision minutieux.

Table des matières

PREMIÈRE PARTIE. 1915-1920
SOUS LA MENACE DE LA CONSCRIPTION.................................. 11
   1- Les déserteurs 13
   2- Les trappeurs 17
   3- Le départ du grand Jean.................................... 28

DEUXIÈME PARTIE. 1970-1971
L'INCONCEVABLE... 31
   1- La rumeur 33
   2- Dans le secret des dieux 35
   3- La manchette du 1er avril 1971 38
   4- Une histoire invraisemblable............................. 42

TROISIÈME PARTIE. 1920-1963
UN HOMME PARMI LES AUTRES... 45
   1- Monsieur Denonville.. 47
   2- La Grande Dépression 61
   3- La Seconde Guerre mondiale............................ 76
   4- Francis et Germaine... 101
   5- « Raoul, tu me caches quelque chose » 132

Quatrième partie. 1963-1971
Le troisième âge 155
1- L'installation au village 157
2- La pension de vieillesse 173
3- Au bout du couloir 189
4- Le respect humain 203

Conclusion
Qui était Raoul Denonville ? 213
Son identité réelle 213
Le large spectre de la sexualité 215
Hypothèse et conclusion de l'autrice 216
Quelques pistes de recherche à explorer 217

Annexe 1
Les sources du récit 219
1- Les personnes-ressources interviewées 219
2- Les sources secondaires 222
Films et vidéos 223
Autres sources 223
Cartes topographiques 224

Remerciements 225